M. Zélia de Marqui Citeli

Vi da Vida

Editora Intermeios
Rua Luís Murat, 40 – Vila Madalena
CEP 05436-050 – São Paulo – SP – Brasil
Fone: 2338-8851 – www.intermeioscultural.com.br

•

VI DA VIDA

© Maria Zélia de Marqui Citeli

1ª edição: janeiro de 2014

•

Editoração eletrônica, produção	Intermeios – Casa de Artes e Livros
Revisão	Tatiana Fadel
Capa	Lívia Consentino Lopes Pereira

•

Dados Internacionais de Catalogação na Publicação – CIP

C581   Citeli, Maria Zélia de Marqui.
          Vi da vida. / Maria Zélia de Marqui Citeli. – São Paulo: Intermeios, 2013.

          298 p. ; 16 x 23 cm.

          ISBN 978-85-64586-66-6

          1. Literatura Brasileira. 2. Poesia. 3. História de Vida. I. Título. II. Citeli, Maria Zélia de Marqui. III. Intermeios – Casa de Artes e Livros.

                                                                    CDU 821.134.3(81)
                                                                    CDD B869.1

Catalogação elaborada por Ruth Simão Paulino

Dedico este livro:

Aos meus pais (in memoriam);
Ao meu companheiro José Citeli;
Aos meus filhos e netos;
Aos meus irmãos.

Agradecimentos

Expresso aqui minha profunda gratidão às pessoas que me deram sua ajuda e apoio durante os trabalhos de preparação deste livro. Impossível mencionar todas. Entretanto, estou especialmente grata a:

- José Citeli, meu companheiro, grande incentivador e colaborador;
- Tatiana Fadel, revisora e responsável pelo PREFÁCIO tão bem elaborado, até emocionante;
- Maria Rita Lemos, grande amiga que por me conhecer tão bem, retratou-me (ver orelha) da forma como sou e que ainda pretendo ser;
- José de Marqui, meu estimadíssimo irmão, pela sua generosidade e também por sempre acreditar na minha capacidade de escrever;
- Valentim Citelli, cunhado e grande amigo, que usando da sua sabedoria, me proporcionou comentários tão estimulantes sobre meus poemas;
- Joaquim Antonio Pereira, meu querido editor da INTERMEIOS, que prontamente acatou minha proposta de edição e iniciou seu trabalho com a paciência indispensável para chegar ao resultado final;
- Finalmente, aos meus tantos amigos (inclusive virtuais), que ao longo de mais de 12 meses acompanharam carinhosamente minha produção literária, ainda me estimulando com seus comentários.

Sumário

Prefácio 15
Vi da Vida 17
Juntando os Cacos 19
Todas as Marias 21
Minha Mãe Tão Grávida 22
Para Minha Mãe 24
Histórias pro Gustavo 26
Eu 28
Aos Filhos 29
Sr. Nando, o Papai 31
Para Louvar os Netos 34
Aos Meus Irmãos 37
Em Louvor ao Meu Companheiro 39
Brincando de Casinha 41
A Morte do Irmãozinho 43
Lá Vem Boiada 45
O Meu Avô Paterno 47
O Meu Amigo Carlinhos 50
A Casa Triste 53
Nono Dalto 55
A Menininha Feia 58
Minha Querida Urupês 61
Ciranda Cirandinha 64
"O Exorcismo" 66
O Zé do Pirulito 70
O Andarilho 75
Nona Carlota 78
Um Cantor Só Pra Mim 81
Rezar o Terço 83
Pés No Chão 85

Recolhendo Ovos 87
Voltando da Escola 89
Estranho Homem 91
A Reza 93
Meninos Feios 94
Tratando Porcos 96
Saracura Três Potes 98
Órfãos 100
O Meu Irmão Donizete 102
Nona Maria 104
Vida Dura 106
No Convento 108
Morando em Votuporanga 110
Uma Rosa Com Amor... 114
O Milagre 116
O Caso Tragicômico dos Penicos 118
Meus Queridos Mestres 121
Mazzaropi 124
Footing 126
O Mijo do Zezinho 128
O Meu Abacateiro 131
Lindas Mulheres 133
Homenagem a Cora Coralina 135
Minha Amiga Durvalina 138
Minha Eterna Criança 140
Gosto de Abraçar 142
Dona Rosa 143
Pobre Menina 145
Um Animalzinho Pra Brincar 147
Velha Senhora 149
Criancinhas Mortas 151
Moça Virgem 153
Minha Amiga Ilda 155
Dona Ana 156
O Filho Que Me Deixou 158

Cris... Cadê Você? 160
Menina Linda 162
Querida Mijona 164
Lá Vem a Doida 166
A Beata 168
Viagens 171
Um "Arraiá Incantadu" 172
Um Sonho Lindo 174
Meus Natais de Outrora 176
Meus Natais de Agora 178
Catadores de Varetas 181
O Rabino e o Mendigo 183
Um Assalto Diferente 185
Manhã Feliz 187
Vi Você 189
Pessoas Queridas 191
A Falta Que Ela Me Faz 193
A Lista 195
Rir de Mim 197

SEGUNDA PARTE 198

Bendito é o Fruto 199
Meus Encantos 200
Quero da Vida 202
Amigos Emprestáveis 204
Me Dê Seu Tempo 206
D o r 207
Queridos Animais 209
Nosso Olhar 212
Beleza 215
Semear 217
Milagres 219
Despertar 221
Ser Livre 222

Jóias Preciosas	223
Ao Corpo	225
Sementes do Bem	226
Caminhos	228
Inspirações	230
Tudo e Nada	231
Nossa Vida	232
Reencontros	234
Quero Ser	236
Mal Entendidos	237
O Que Você Faz Pra Ser Feliz?	239
Amor...Cadê Você?	241
O Fim do Mundo	243
O Presente	246
Alegria	248
Amores	250
R i r	251
Às Crianças	253
Para Louvar a Natureza	255
Terra	257
Gratidão à Água	259
Para Uma Noite de Paz	261
Para Louvar o Dia	263
Para Refrear a Língua	265
Oração dos Encarcerados	266
Oração do Político	268
Oração do Ancião Esquecido	270
Para a Criança Rezar	272
Espírito Santo	273
Aos Anjos	275
Aos Que Se Foram	277
Entrega	279
Presença	280
Oração é Tudo	281
Oração da Criança Em Mim	284

Para Ter Docilidade 285
Para Ouvir o Outro 286
Aos Antepassados 287
Renascimento 288
Preito às Mãos 289
D e u s 294
Ação de Graças 297

Prefácio

Zélia Citeli é uma poeta singular, que escreve poemas que traduzem sua vida, sua história, suas convicções, medos, alegrias, esperanças. No entanto, se inscreve numa longa linhagem de mulheres que romperam as fronteiras do território tradicionalmente masculino da poesia. Seus poemas dialogam com aqueles da sua mestra Cora Coralina (ouvimos, em vários dos textos, a forte voz de Cora ecoando nas palavras de Zélia). A relação com o cotidiano, a observação aguda, sensível e bem humorada de personagens de sua cidade, de episódios familiares, de eventos comuns a qualquer cidadão brasileiro, fazem dos poemas de Zélia também uma conversa com Adélia Prado e sua religiosidade e perspicácia mineiras. A relação próxima e íntima com Deus, presente em alguns poemas do livro, estruturados como preces de gratidão ou apelo ao divino, trazem de volta as preces de Santa Teresa d´Ávila, em êxtase maravilhoso diante da onipotente presença de Deus no dia a dia entre panelas e afazeres domésticos.

Embora carregue essa tradição feminina, Zélia Citeli encontrou uma dicção única para se expressar. Segundo ela, os poemas nasceram de uma necessidade quase incontrolável de narrar a si e ao mundo – sua preferência inicial era a da escrita em prosa (ela dizia que não gosta nem entende de versos...). Não é casual, por exemplo, que todos os livros sagrados de todas as religiões estejam escritos em versos (no caso judaico-cristão, chamados "versículos"- pequenos versos). A linguagem da alma é poesia, e não prosa. A poesia foi aqui imperiosa, voluntariosa, e sua sonoridade se impôs entre as palavras, em rimas não regulares, mas sempre com um ritmo perceptível e marcado, inscrevendo a poeta também na tradição oral das contadoras de histórias – aquelas que, em muitas culturas, eram também as que praticavam a medicina da alma, as curandeiras, guardadoras do grande segredo feminino: palavras curam, alentam, sopram vida onde pode haver tristeza e cinzas. Zélia escreve poemas-remédios, que em sua simplicidade trazem à alma o ar, o sol, o verde das árvores, o amor à família, à terra, à cidade natal e suas peculiaridades.

Zélia é uma, mas é todos nós. E suas palavras comprovam o poder de transformação da poesia: aquilo que foi doloroso e árduo transforma-se em poema que, com seu ritmo pulsante como sangue nas veias, é vida e alegria. A generosidade da poeta em compartilhar sua vida nesses versos nos inspira a descobrir esses outros e novos caminhos da expressão. Seus poemas agora deixam de ser apenas seus, suas histórias deixam de ser só suas e começam a cumprir seu destino de serem como a fogueira da fênix: permitir a cada um de nós a renovação e o renascimento através do compartilhamento daquilo que nos faz humanos – o que é igual e nos leva ao reconhecimento de nós mesmos; e aquilo que é diferente e nos leva ao reconhecimento do outro e de sua história. Eis o poder da expressão poética, tão presente nos textos de Zélia – dar-nos a possibilidade de acessar a nós mesmos através de suas próprias palavras: é um presente dessa poeta a nós que estamos prestes a ver nossas vidas enriquecidas através da vida dela. Acho que só resta a mim, leitora apaixonada, agradecer por essa cura. E que outros a sintam também.

Campinas, dezembro de 2013

TATIANA FADEL

Vi da Vida

Vi da vida quase tudo
Quase tudo e não vi nada
Nos tantos anos vividos
De incertezas, frágeis planos
Longínquas lembranças tristes
Tão tristes, tênues lembranças
Da infância sem saudades
Juventude tão sonhada...
Exigida, inconformada
Buscando, remando sempre
Em duras, longas braçadas
Procurando nas torrentes
Alcançar a mão, a tábua
Salvação que me viesse
Bendito alguém que me desse
A mão tão precisada...
Vi da vida tanta coisa...
Vi a mão que me enlaçava
Vi a tábua e agarrei
Tão firme, não mais soltei
A tábua que me salvava
Das cruezas, dores, mágoas
Emergi, desafoguei-me
Afaguei a mão amada...
Vi da vida tanta coisa...
Em cores, tantas belezas
Conduzida em gratas mãos
Por caminhos onde flores
Brotaram em profusão
Amenizando meus prantos
Perfumando cada canto
Acalmando minhas dores

Me fazendo tão feliz...
Plenitude em graças mil
Tão plena vida vivida
Na vida que eu não sabia
Pudesse viver um dia...
Beijo as mãos que me salvaram...

Juntando os Cacos

Juntei pedra por pedra
Que encontrei pelo caminho
Fiz com elas meu castelo
E ele ficou tão lindo...
Juntei também os meus cacos
Nada desperdicei
Aproveitei qualquer pedaço
Fiz um novo retrato
Fui montando devagar
Pincelei as minhas cores
Comecei em branco e preto
Mas quando vi, tinha feito
Meu retrato em muitas cores
Coloquei nele a moldura
Tão bonita, qual pintura
Pendurei bem junto à porta
Para todos que chegassem
Perceberem no retrato
Minhas tantas alegrias
Construídas pouco a pouco
Um pouquinho a cada dia
Juntei gravetos, folhas secas
Da árvore que plantei
Acendi então um fogo
Aqueci com ele o pouco
Da frieza que restava
Reavivei minha alma
Acendi em mim a chama
Do amor que tenho dentro
Proclamei em tom de prece
Espalhei meus sentimentos
Bradei, cantei aos quatro ventos

Não quis que ficassem presos
Guardados só para mim
Mas sim, que se revelassem
E que em se revelando
Levassem pra todo mundo
A minha grata mensagem
De que tudo se renova
Que o mundo dá suas voltas
E que a vida é bela sim...

Todas as Marias

Sou Maria, todas elas
Todas vivendo em mim
Sou das Graças e das Dores
Dos Prazeres e da Paz
Sou Maria Imaculada
Madalena arrependida
Aviltada, apedrejada
Sou também Maria Hortência
Maria Rosa, enfim
Qualquer nome, qualquer flor
Sou Maria feito amor
Sou Maria Aparecida
Insegura ao se mostrar
Sou Maria do Sacrário
Escondida em seu altar
Da Encarnação, do Rosário
Desfiando a dor e o pranto
Maria do Carmo ou dos Santos
Sou Maria dos encantos
Encantada, riso fácil
Eu sou Maria dos Anjos
Sou Maria Anunciação
Augusta, também da Luz
Sou Maria de Jesus
Mariana, Maria Celeste
Do Socorro, Auxiliadora
Sou urbana, sou agreste
Maria Amélia, todas elas
As Marias que há no mundo
Sou todas, nenhuma delas
Sou Maria, tenho em mim
Um pouco de todas elas...

Minha Mãe Tão Grávida...

Mãe, você pariu doze filhos
Me pergunto, como pôde?...
Fiz as contas.... me dei conta
Ficou prenha tanto tempo...
Ah...tem ainda os cinco abortos
Não conto... foram cedo...
Para aos outros dar lugar...
Mas... como posso não contar....
Se nos meses que abrigou
No seu ventre os pequeninos,
Amando os alimentou
Acreditou que eram seus
Sentiu dores ao perdê-los
Dor na alma...dor pungente
Dilacerando seu corpo
Como dói, mãe.... também sei
Dessa dor que nos consome
Quando vemos, impotentes
Escoar por conta própria
O filho deixando o ventre...
Tão estranho esse episódio
Nunca nos acostumamos
Mesmo enfim sabendo que
Desde os mais primórdios tempos
Sempre.... sempre foi assim...
Mãe...doze filhos...faço as contas
Perco a conta, me dou conta
Das agruras que passou
E não venham me dizer
Da grandeza, da beleza
De abrigar em si um ser
Pois de tudo isso eu sei

Mas sei também, mulher, mãe...
Que muito você penou
Eu sei o quanto sofreu...
Era tudo tão precário...
Tanta falta, nem o básico...
Viver pra sobreviver...
Por isso quando eu via
Sua barriga crescendo
Toda vida....outra vez...
Na impotência, quanta raiva
Eu sentia de você...
Mas enfim, aqui estou
Sã e salva, firme e forte
Estão aí meus irmãos
Todos eles tão felizes...
Mãe...tudo valeu a pena
Não chamo isso de sorte
Chamo isso tão somente
Mistérios que a vida encena
Plantando suas sementes
Do amor que há em nós
Porque do amor nasce sempre
Mais amor pra semear...

Para Minha Mãe

Você se foi... trocou as vestes...
Partiu para um outro plano...
E eu por ser incapaz
Nunca disse "mãe, te amo"...
Me desculpe, mãe...No entanto
Digo agora, digo mais...
Será tarde pra dizer?
Mas sei que você me entende
E sabe que nunca é tarde
Porque melhor que ninguém
O seu espírito sabe
Que pra tudo sempre é tempo...
E você que vive eterna
Pode bem me escutar
Me ouvir sem reclamar...
E sentir eu lhe dizer
Que sempre, sempre te amei
Mesmo nas desavenças
Nas suas intransigências
Ah... Não dá pra voltar o tempo
Mas dá pra justificar
Nós éramos tão iguais
Tão ranzinzas, rabugentas
Briguentas e tudo o mais...
Volta, mãe, mesmo que seja
Pra comigo se implicar...
Volta me dê seu colo
Seu abraço, seu olhar...
Seu choro nas despedidas
Me conte as suas mágoas
Pra eu poder consolar...
Volta mãe eu quero mais...

Das suas brigas, implicâncias
Do seu eterno cercear
Venha mãe para trocarmos
Todo o nosso amor contido
Pela prática de amar...
Que saudade minha mãe
Nunca mais seu cafezinho
Encontrei lá me esperando
Na hora de eu chegar...
Volta, mãe, mesmo que seja
Pra ser chata nos seus mandos
Não importa onde, quando...
Vem alimentar meu espírito
Não me deixe, mãe querida
Volta, fica comigo...

Histórias pro Gustavo

Nos meus tempos de criança
Tudo era tão diferente
Nossos filhos, nossos netos
Hoje em dia nem entendem
Contamos e recontamos
Damos ênfase, detalhes
Mas nem assim conseguimos
Passar pra eles aquilo
Que vivemos no passado
Tempos bons, tempos ruins
Mais ruins que bons pra mim
Mas que hoje felizmente
Para os meus queridos netos
Tudo é muito diferente
E isso fica mais claro
Contando que há uns 3 anos
Um deles me pediu:
-conta uma história, vovó,
Mas história de verdade-
Eu então logo pensei
Vou contar umas passagens
Das muitas que tenho em mim
E contei da minha escola
Dos castigos que levava
Das macaúbas roubadas
Nos pastos lá do vizinho
Pra trocar com meu colega
Com seu pão com mortadela
Contei que levava galinhas
Pra vender antes da aula
E que chegava cagada
Das galinhas carregadas

E ninguém sentava perto
Por razão do tal fedor
Que ficava das coitadas
Contei também que a água
Era puxada de um poço
Água encanada era um luxo
E que as lições de casa
Eram feitas com esforço
À luz de lamparina fraca
E que eu tão menininha
Às vezes derrubava
Estragando o que estava pronto
E tudo recomeçava
Contei nem sei mais o que
Mas logo percebi nele
Muito pouco interesse
Foi então que perguntei:
-Está gostando Gustavo?-
No que ele respondeu:
-Não, vovó...
Você sabe que eu pedi
Que você só me contasse
HISTÓRIAS DE VERDADE...

Eu....

Eu sou....
No grãozinho de areia
Semente que germinou
Sou o fruto que cresceu
Da árvore bem nascida
Da semente bem plantada
Bem regada, bem mantida
Vinda, sei lá de onde...
Germinada de outras vidas
Sou a flor em tantas cores
Tenho as cores dos jardins
Tenho em mim todas as flores
Rosas, cravos, jasmins
Tenho também os espinhos
Que espetam sem pudores
Tenho amores, desamores
Rancores e outros mais
Tenho a bondade dos anjos
E a maldade dos insanos
Sou doce vertendo mel
Sou amarga feito fel
Sou feliz e também triste
Muito mais feliz que triste
Sou humana, desumana
Tenho anseios, tantos medos....
São poucos os meus segredos
Me desnudo sem receio...
Riso fácil em meio ao pranto
Busco ser, ter meus encantos
Vasculhando cada canto
E na busca, ser capaz
De encontrar em meio a tanto,
Ser feliz, viver em paz....

Aos Filhos

Filhos!
Seres amados
Por Deus foram gerados
Milagres feitos em mim
No ventre que os acolheu
Benditos sois, frutos meus
Sede sempre tão benvindos
Como quando pequeninos
Os recebi em meus braços
Pela primeira vez
E na alegria maior
Que alguém possa sentir
Chorando os embalei
Amamentei do meu leite
E pedi ao Grande Pai
Os guardasse, protegesse
Que neste mundo os fizesse
Os mais felizes de todos
E nunca os levasse de mim
Sou grata a Deus por vocês
Pois foi Ele quem m'os deu
Por tempo indeterminado
Por quanto tempo? Não sei
Porém, mesmo emprestados
Eu os considero meus
Peço então todos os dias
Aos seus anjos guardadores
Que vocês sejam felizes
Crescendo em sabedoria
Que vocês sejam saudáveis, fortes
E que sejam sempre nobres
Não se esquecendo nunca

Daquilo que lhes ensinei
Sei bem, tenho consciência
Dos erros que cometi
Nas minhas intransigências
Nas broncas exageradas
Ou nas rédeas soltas demais
Nas palmadas que até hoje
Doem em mim feito brasas
Vocês eram tão crianças
Nem compreendiam nada
Mas eu no meu despreparo
Presumia agindo certo
Peço então que me perdoem
Que me amem sem pudor
Pois eu os amarei sempre
Seja aqui ou onde for
Preciosos filhos meus
Frutos do meu amor
Benditos frutos de Deus...

Sr. Nando, o Papai

Meu pai, de nome Rinaldo
Sempre atendeu por "seu Nando"...
Foi em tudo um grande homem
Nasceu de família pobre
Tantos irmãos... pai severo
Mãe submissa e tão nobre...
Que pena meu Deus eu tinha
Dessa nona tão cativa
Tão santa, nona querida...
Foi ele criado aos trancos
Sem carinho, só trabalho
Escola então? Nem pensar
Analfabeto, aprendeu escrever o nome
Ensinado por minha mãe...
Quando nasceu, sem recursos
Um dos últimos de dez
Sua mãe já estava cansada
De parir tanta criança
E viver na corda bamba...
Me disse mais tarde, coitada
Ter remorso do passado
Quando às vezes, já sem forças
Relegava seus rebentos
Ao Deus dará, sem carinho
À mercê do mal sustento
Dizia ter tristes lembranças
Sem saudade desses tempos...
E assim cresceu o menino
Conheceu a minha mãe
Se apaixonou, ficou perdido
De amores pela mocinha
Aquela que diziam ser

A cobiçada da vila...
Teve filhos, doze ao todo
Criou dez com muito esforço
Nem sei que nome dar a isso
Mas esforço... acho pouco
Tem outro nome, talvez...
Ah... fez um sacrifício louco
Sofreu tanto... feito poucos...
Penou para nos criar
Nunca pode dar aos seus
Nem o mínimo que fosse
Do que sempre pretendeu
Nunca o vi de cara feia
Tão bom, santa paciência
Herdou da minha avó
Muito amor... Era inocente...
Marcou forte sua presença
E a mim vai ficar sempre
Os cuidados que nos tinha
E quando à noite então chorando
Acordávamos com medo
Pulava logo da cama
E acalmava o nosso pranto
Também nunca, nunca mesmo
O vi levantando a voz
Pra falar com sua amada
Filhos ou quem quer que fosse
Era bom por natureza
Tinha senso de humor...
Tiradas muito engraçadas...
Herdei dele com certeza
Esse meu lado escrachado...
Pescador inveterado
Varas, anzóis, iscas e chumbadas
Nada era tão sonhado
Tudo o mais perdia a graça...
Sempre grato a tudo e a todos

Já no final dos seus dias
Ainda tinha no olhar
Gratidão, muita ternura
Por aqueles que o cercavam
Partiu aos oitenta e seis
Sem a presença da amada
Que também adoeceu
E até os últimos instantes
Relembrou o seu amor
Falou dela como fosse
A mais rara e bela flor
A deusa da sua vida
A deusa que sempre foi...

Para Louvar os Netos

Querido Deus!
Quero muito agradecer-te
Por me dares tantas coisas
Tenho tudo, e tudo é farto
Tenho amor, casa, alimento
Tenho trabalho, amigos
Enumerar, impossível
Mas, das coisas importantes
Que me deste nesta vida
Lar, marido e filhos
São meus netos, ah meu Deus
Os tesouros mais brilhantes
Eles são os meus encantos
De meus filhos frutos santos
São lindos, saudáveis, fortes
Inteligentes, do bem
Mas muitas vezes são eles
Teimosos, levados também
E firmes nos seus propósitos
Vieram pra acrescentar
Fazer a vida mais doce
Vieram nos ensinar
E nesse breve vai e vem
Tornam a vida mais leve
E a medida que crescem
Vejo neles mais e mais
O quanto de mim carregam
Nos traços e nos trejeitos
No falar, andar e até
Do meu lado obscuro
Escondido em mim num canto
Trazem eles à tona

Aquilo que eu escondo
São meu sangue, meu pedaço
Minha continuidade
Bom seria, ó meu Deus,
Fossem eles toda a vida
Pequeninos inocentes
Me pedindo pra ajudar
Nas suas lições de casa
Amarrar os seus cadarços
Ir brincar lá no parquinho
Pegar firme suas mãos
Comprar doce na esquina
Fazer bolo de cenoura, brigadeiro
E outros mais
Pedir água sem ter sede
Só pra com ela brincar
Brigar com os amiguinhos
E ter eu que consolar
Pedir pra contar histórias
E cantar as musiquinhas
Fazer cabana no quarto
Até que o sono lhes venha
Embora o meu venha antes
Vê-los chegando da escola
Cheios de tantas histórias
Do coleguinha irritante
Da professora bondosa
Das lições que aprenderam
Da comidinha gostosa
Ah, meu Deus, quisera eu
Fossem todos os netinhos
Tão cuidados quanto os meus
Mas assim é que é a vida
E aí eu me pergunto
Tem mesmo que ser assim?
E então qual um relâmpago
Eles crescem, alçam voos

Às vezes até nos esquecem
E nós na nossa velhice
Ficamos observando
Rezando por nossos santos
Pra todos os Deuses e anjos
Implorando pra que eles
Tenham sucesso na vida
E sejam sempre felizes
Que encontrem bons companheiros
Tenham filhos e então
Na continuidade deles
Outros netos virão
E só assim verão eles
Como ter netos é bom...

Aos Meus Irmãos

Queridos... quero falar de vocês
Um poema é muito pouco, eu sei
Nós sabemos... sim, é pouco
Me pergunto...em quantos livros caberiam
Nossas vidas tão repletas... tão vividas
Tanta vida... dez irmãos
Quanta coisa pra dizer... lembrar...
Rir... chorar... refletir
Mas nada pra lamentar
Que bom...tento retroceder
Voltar... busco lá no passado
Faço um balanço e volto
No retrospecto acho fácil
Nem um pouco me embaraço
Pois pensei não ser capaz...
Tanta coisa acontecida
Tanta história pra contar
Quantos anos se passaram...
Mas parece que foi ontem
Vida dura... quanta agrura
Infâncias de parcos sonhos
Juventudes reprimidas... calcadas
Alguns diziam... Nem tanto...
Mas de nada entendiam
Nem poderiam entender
Vivíamos sempre rindo
Rir nos é peculiar...
É assim que sabemos ser
Mesmo na vida restrita
Pautada nas regras duras
Quase nada...Dizer regrada é pouco
Quanta lida, dissabores

Vontades sempre dribladas
Tanto tempo... poucas saudades
Mas enfim, tudo passou
E dessa vida de carências
Só o que é bom ficou
Foi grande o aprendizado
E nos tombos e tropeços
Aprendemos o real valor
Daquilo que mais importa
Solidariedade, união, amor
Somos dez... estamos bem
Hoje rimos relembrando
Tudo por que passamos
Nossos pais daqui se foram
Batalharam... colhem os louros
Pois sei, onde estiverem
Nos olham, nos protegem
Nos amam, nos abençoam...

Em Louvor ao Meu Companheiro

Meu querido, tão parceiro
Companheiro grande amigo
Por mim eleito, escolhido...
Não foi por simples acaso
Que você qual anjo veio
Foi é certo, o meu milagre
Desses feitos só por Deus
E então eu te escolhi
E você me escolheu
Quis eu tê-lo em minha vida
Pra construirmos um lar
Sermos felizes no amor
Termos filhos e os criar
Sendo fortes nas tristezas
Nas dores e nos reveses
Que a vida nos impõe
E você, meu ombro amigo,
Esteio firme do lar
Vem carregando comigo
Tudo o que a vida propôs
Desde as gratas alegrias
Às tão cruéis incertezas
Nas calmarias benditas
E tempestuosas tormentas
Nos meus choros incontidos
Nas mais loucas gargalhadas
Vem você me acompanhando
Vida afora, tantos anos...
Rindo às vezes do engraçado
E das coisas mais sem graça
Só pra me ver feliz...
E assim, amado amigo

Você faz fluir a vida
Cada vez mais prazerosa
Na tua bondade rara
Faz a vida mais gostosa
Faz-me sentir segura
No cuidado que a mim tem
Na compreensão generosa
Que só aos sábios convém...
Por tudo isso te agradeço
E peço ao nosso bom Deus
Proteger-te com desvelo
Fazer-te assim tão feliz
Como a mim você tem feito...

Brincando de Casinha

Juntávamos sempre os três
Zeca, Maria e eu
Maria, minha irmã, cinco aninhos
Zeca, nosso vizinho, sete
E eu, a mais nova, três...
Brincávamos sempre juntos
Montávamos nossa casinha
No quintal da minha casa
Ou na casa do Zequinha
Era assim que era chamado
O menininho miúdo... calmo...
Muito sério e muito bom
Meio calado... Minha irmã também...
Mas eu... ah... tão tagarela
Inquieta, teimosa, incerta
Queria mandar em tudo
Pedia pra ser a mãe
Porém os dois estabeleciam
Que seriam os meus pais
Eu sempre protestava
E eles retrucavam...
Mas como? Você é a mais nova...
E é claro que eu emburrava
Então eles me diziam
Se não quiser, não brinca...
Que fazer... eu aceitava
Só pra não ficar de fora
Porque, brincar de casinha
Era a suprema glória...
Brincávamos com o que tínhamos
Latas vazias de óleo, sardinha,
Latinhas que aparecessem

Gravetos, ou qualquer coisa
Tudo virava brinquedo
Pedras, nossas comidinhas
E a terra feito barro
Virava minha papinha
Fingiam dar para mim
E eu fingia comer
E brincávamos... brincávamos...
Depois, o Zeca e a Maria
Iam juntos pra escola
E às vezes me levavam
Me deixavam em minha tia
E na volta me pegavam
Eu também tinha uma filha
Bonequinha de retalhos
Tia Antonia me fazia
Tão boa e amada tia...
De tantas coisas me lembro
Desses tempos... foi tão lindo!
E creio que o meu vizinho
Que sempre quis ser meu pai
Gostou muito de brincar...
Comigo...pois, até hoje
Convivemos, nos casamos
Foi meu pai de brincadeira
Hoje é meu companheiro
Mas continua sendo
Além de tão bom marido
Meu paizão, melhor amigo...

A Morte do Irmãozinho

Quando eu tinha quase três anos
Minha mãe teve um menino
Batizado de José
E que até hoje ficou
Como o finado Zezinho
De muito pouco me lembro
Acerca do seu nascimento
Mas nunca mais esqueci
Que ao completar sete dias
O pequenino se foi,
Morar com outros anjinhos
E da hora de sua morte
Ao levar do caixãozinho
Certas coisas lembro bem
Pois a tudo eu assisti
Então ainda recordo
Dele tremendo todo
Nos estertores do fim
E do choro de minha mãe
Um choro incontido, forte
Por isso daí em diante
Ficava desesperada
Sempre que ela chorava
Ficou-me o choro da morte
Lembro-me de ir com as primas
Que eram então bem mais velhas
Pegar numa laranjeira
Folhas pro travesseirinho
Também me lembro tão bem
De apanhar lá no quintal
Algumas flores bem simples
Que minha mãe cultivava

Dálias, cravos, jasmins
Que ainda sinto o cheiro
Mas que não acho ruim
Me vejo então sentadinha
Comportada, observando
Chupando meu polegar
Minha mãe sempre chorando
Ao lado do seu menino
O seu primeiro varão
Que naquele tempo ainda
Era tanto esperado
Pois quando um filho nascia
O pai dizia orgulhoso
Nasceu um menino homem...
Não me lembro do meu pai
Chorando pelo seu filho
Mas tenho muita certeza
De que chorou escondido
E de tudo o que mais marcou
Foi meu pai comigo ao colo
Me colocando pra beijar
O rosto do pequenino
E tenho em mim tão presente
O choro de minha mãe
O choro por ter perdido
Depois da primeira filha
Também seu primeiro menino...

Lá Vem Boiada

Quando eu era bem novinha
Via passar em nossa rua
Chamada Rua Boiadeira
Boiadas sem fim, sem freio
Empoeirando, na seca
Ou amassando o barro
Passavam de manhã e à tarde
Até de noite passavam
Surpreendendo sempre
Fazendo crianças correr
Deixar na rua os brinquedos
Estilingues, bolinhas de gude
Bonecas de pano ou papelão
Latas velhas de óleo, sardinha
Brinquedinhos de casinha
E os portões eram fechados
Portões feitos de bambu
Com trancas enferrujadas
E sempre se escutava
Algum choro de criança
Pelos pobres brinquedinhos
Deixados na correria
Mães dizendo, sempre bravas
Bem feito, não avisei?
Tem que brincar na rua?
E o choro logo calava
Criança não tinha voz
Criança não tinha vez
A boiada então passava
E a vida continuava
Vida pobre onde eu morava
De criança remelenta

Com piolhos com dor d'olhos
Cabeça de prego em pus
Furúnculos latejantes
Mas mesmo assim nós crianças
Voltávamos a brincar
Com os nossos brinquedinhos
Tornados a inventar
E de novo, atrás das cercas
Víamos já sem medo
Outra boiada passar.

O Meu Avô Paterno

Meu avô de nome João
Por nós chamado de Nono
Foi a mim apresentado
Desde o dia em que nasci
Como um homem rude, bravo
Sem nenhuma instrução
Nem o nome ele assinava
Diziam que era mandão
Muito exigente com todos
Gostava de uma pinguinha
E era bem comilão
Tratava mal minha avó
Mulher santa, bem mandada
Incutia medo aos filhos
Veio da Itália menino
Tão pequeno, tão sofrido,
Blasfemava em sua língua
Levando minha mãe, sua nora
Se benzer ao escutar
Vinha nos ver vez em quando
Sempre sem avisar
E ficava vários dias
Pra desgosto de minha mãe
E que mesmo desgostosa
O tratava muito bem
Mas se aquele homem rude
Não era assim tão benquisto
Pra mim ficou na memória
Como um avô bendito
De olhos azuis cor do céu
Rosto cheio feito a lua
Pele branquinha de seda

Proeminente barriga
E quando ele chegava
Pra mim era pura alegria
Pois vinha bem carregado
Um saco branco nas costas
Com balas e doces sortidos
E outras coisas gostosas
Entre elas, nunca me esqueço
Uma lata de sardinhas
Redonda e muito grande
Que há tempos não se encontra
Chegava falando alto
Dando bronca, bem me lembro
Desce já daí, menina...
Porca miséria, Dio Santo
Não vê que pode cair?
E eu sempre obedecia
Como me era de praxe
Pois criança naqueles tempos
Não tinha voz nem vontades
E se não obedecesse
Eram beliscões e tapas
Mas desse Nono querido
O fato que mais marcou
E ficou em mim pra sempre
Foi quando num certo dia
Chegou todo sorridente
E mostrando um embrulho estranho
Me disse: -Adivinha o que eu trouxe-
E balançou o pacote
Feito com um jornal
E o pacote então chorou...
Um som que eu nunca esqueci
Da minha primeira boneca
Feita de papelão
Que devia ser bem feinha
Mas que pra mim só ficou

Como a mais linda boneca
Que o mundo já fabricou
Dei um pulo de onde estava
E foi então que entrou
Um espinho de laranjeira
Bem na sola do meu pé
Peguei minha bonequinha
Agarrei-a forte no peito
Chorei de dor e alegria
Não dormi durante a noite
Pois meu pé muito doía
Colocaram fumo quente
Misturado com urina
Mas nada de melhorar
Foi então que descobriram
Que uma parte do estrepe
Continuava ainda lá
Sendo arrancado sem pena
Com meus pais me segurando
E o meu Nono puxando...
Depois disso eu me lembro
Que dormi tal qual um anjo
Agarrada à bonequinha
Mas durou bem poucos dias
Esse sonho realizado
Do brinquedo tão amado
Pois veio chuva bem forte
E nem sei como aconteceu
Ensopou minha lindinha
Que feita de papelão
Se desfez, virou apenas
Saudade, choro sentido
E muita dor no coração...

O Meu Amigo Carlinhos

Esta história é muito triste
E me lembro com detalhes
Pois marcou profundamente
Meu coração de criança
Mal havia completado
Três aninhos de idade
Tinha então eu nessa época
Um amiguinho bem doce
Que era nosso vizinho
Seu nome era José Carlos
Mas atendia por Carlinhos
Muitas vezes ia ele
Brincar no nosso quintal
Outras vezes era eu
Que brincava em sua casa
E muito a gente brincava
Era eu então, bem mandona
E acho nos dávamos bem
Por ser ele muito dócil
Tinha dois anos e pouco
E me obedecia sempre
Filho único de professores
Ganhava muitos brinquedos
Bicicletinha, carrinhos, bolas
Esses e muitos outros
E deixava que eu brincasse
Como se fossem meus
Eu me esbaldava com gosto
Pois meus únicos brinquedos
Eram bonequinhas de pano
Que minha mãe inventava
E mal o menino vinha

Me chamando pra brincar
Minha maldade dizia
Eu só brinco com você
Se a bicicleta for minha
E ele muito bonzinho
Geralmente aceitava
Mas nunca mais me esqueci
Quando me disse um não
Pisei forte seu pezinho
E lhe dei um empurrão
Nem assim ele chorou
Mas pegou a bicicleta
E nunca, nunca mais voltou...
Eu chorava e pedia
Que minha mãe o chamasse
Mas ela me respondia
Você judiou do Carlinhos
E ele está muito doente
Mas eu não entendia aquilo
E continuava pedindo
Pra voltar meu amiguinho
Passaram-se acho dois dias
Desde o último encontro
Mas para mim parecia
Um século ou sei lá quanto
E então, vi muita gente
Na frente de sua casa
E todo mundo chorava
Ouvia gritos, ouvia choros
De dor cruel, lancinante
Eram os pais do Carlinhos
Pranteando seu menininho
Que em dois dias apenas
Ficou doente e morreu
De um mal chamado crupe
Bem comum naqueles tempos
Não me lembro de mais nada

Nem dele em seu caixãozinho
Tampouco compreendia por quê.
Por um bom tempo depois
Nenhum rádio era ligado
Tudo ao redor se calou
Nem as crianças vizinhas
Brincavam à noite na rua
Era um silêncio estranho
De respeito e muita dor
Que em mim fez seu estrago
Pois durante muito tempo
Me culpei por sua morte
Dor eterna de saudade
Do meu eterno amiguinho
O bom e doce Carlinhos...

A Casa Triste

Era uma casa...
Nem um pouco engraçada
Tinha teto e quase nada
Chão batido, poucas telhas
Era de barro feita
Fogão a lenha desgastado
Fuligem por todo lado
Picumãs caindo aos montes
Na casa sem rendas, sem fontes
Perdida, sem horizontes
Muito velha, pequenina
Tão pobre, desmilinguida
Tal e qual seus habitantes
Era uma casa sem graça
Se chovia entrava água
Pelos vãos, nas noites frias
O vento assobiava
Implacável, acordando
Quem dormia o sono pobre
Sonhando com as vontades
De tudo o que era negado
Com medo do Deus imposto
Aquele que castigava
Um Deus sem misericórdia
Que não perdoava os ricos
Mas que os céus daria aos pobres
E o que isso interessava
A mim, criança com fome?
Era uma casa tão sem graça...
Até as flores vicejadas
Eram tristes, malcuidadas
Passava um córrego ao lado

Onde sapos coaxavam
Era o único som ouvido
Que às vezes me alegrava
Nesta casa onde eu morei
Dos meus seis aos sete anos
Com meus pais e três irmãos
Dois mais novos do que eu
Era uma casa tão triste
Onde crianças choravam
As dores que eram suas
Dores tão mal curadas
Contidas, misturadas
Às dores dos próprios pais
E dentre todas as casas
Das quais morei, convivi
Foi aquela a casa mais triste
De todas que eu conheci...

Nono Dalto

Era louca por esse nono
Fui tão amada por ele
Cuidada...ah...se me lembro
Com carinho, com desvelo
Punha-me no seu colo
Pra ouvir rádio, ler jornal
Contava-me tanta história
Da sua saudosa Itália
Eu tinha apenas três anos
Mas ele lidava comigo
Quase de igual pra igual...
Misturava no falar
Italiano ao português
E eu entendia tudo
Trocávamos pensamentos
Bastava ele me olhar...
Me chamava de Zelieta
Bonequeta... fioglia mia
Sei que eu era seu troféu
Que o enchia de alegria
E nada faltou pra mim
Quando vivi ao seu lado
Carinho, então, me sobrava
Ah, meu nono tão amado...
Você sabe o bem que fez
Sabe o quanto me amou
E o quanto amei você...
Trago em mim seu sangue bom
Sua gana por leituras
Me ensinou certos requintes
Nono, com quem aprendeu
Se vestir com tanto apuro?...

Tomar vinho em linda taça
Relíquia da sua Itália
Eram duas...uma sua
A outra a noninha usava
Colocava sempre flor
Homenagem à sua Santa...
Acho eu, que só por isso
Você nunca reclamou
De ela usar de vaso a taça...
Me lembro que certa vez
Foi comigo ao dentista
E enquanto eu chorava
Você, nono, me dizia
Se acalma fioglia mia...
Dopo compro uno gelato
Você sempre me acalmava...
Outra vez me levou ao circo
Tão mambembe, pobrezinho...
Mas pra mim nunca, jamais
Outro circo foi tão lindo...
Íamos sempre à missa
Depois me comprava doces
Me trazia comportada
Falava manso comigo
Sentia-me tão protegida
Não tinha medo de nada
Nono, nono... quanta falta
Me fez, quando um certo dia
Se mudou minha família
Me levaram de você
Ninguém me explicava nada
Meu ninho ficou vazio
Tão estranho... outra casa...
Seis aninhos... quanta história...
Chorava da vida inglória
Era como se a morte
O tivesse arrebatado

Arrancado você de mim...
Matando-me também
O desejo de viver
Ah... meu nono... só você
Poderia me entender
Mas então, tempos depois
Dois anos, sei lá se tanto
Você chegou, e ao vê-lo
Agarrei você aos prantos
Veio mesmo pra ficar
Pra viver junto de nós
Dos filhos e outros netos
Mas eu sempre, sempre achei
Que você chegou por mim
Que foi lá só pra me ver...
Isso é muita pretensão?
Não...é amor calado...enfim,
Um amor que só eu sei
Que em você também ficou
Avô, anjo, guardião
Meu nono do coração...

A Menininha Feia

Quando eu era bem menina
Seis, sete anos, se tanto
Me achava muito feinha
E sofria em desencanto
Vivia a me comparar
Em tudo com minha irmã
Que dois aninhos mais velha
Já me espelhava nela
E não era por acaso
Que feinha eu me achava
Acontece que nossa mãe
Com o intuito de educar-nos
Não sabia quanto mal
Me causava ao comparar-me
Com minha irmã Maria
Chamada por Mariquinha
Quando ela, bem comportada
E eu deveras traquinas,
Me dizia, não por mal:
"Você é uma menina feia
Bonita é a Mariquinha"...
Repetia isso sempre
Mas não querendo dizer
Disso hoje entendo eu
De um feio ou belo rosto
Mas de beleza interior
Pois me diziam tão levada
Difícil de se domar
Ainda mais se comparada
Com a irmã que era um amor
Mas criança nada entende
Dessa coisa que é chamada

Por adultos, muitas vezes
De beleza comportada
E assim tanto eu sofria
Me enchia de feridas
Roía doído as unhas
E muito feia me achava
Sofria e sofria muito
Mas isso ninguém notava
Acho então que é por isso
Que até hoje eu procuro
Melhorar minha fachada
Mas preciso contar aqui
De um certo episódio
Que me aconteceu belo dia
Quando eu ia de mãos dadas
Com minha irmã Mariquinha
Buscar sei lá o que
Na farmácia da esquina
Iam por nós passando
Dona Lili, nobre dama
Com seu filho Benedito
Conhecido por Dito Abdias
Que para mim, sendo ele
Três, quatro anos mais velho
O achava já um mocinho
Ouvi então sua mãe dizer:
"acho tão engraçadinhas
Essas duas menininhas"...
Quando ele retrucou:
"mas eu acho a menor
Ainda mais bonitinha"
Isso eu ouvi feito música
E calou bem fundo em mim
É claro que algum resquício
De me achar feiosinha
Ainda assim me ficou
Mas nada se comparado

Com o que eu sentia antes
Daquilo que eu ouvi
Do Dito e Dona Lili
Pois para eu menininha
Complexada inocente
Foi muito, muito importante...
Me desculpe Dito Abdias
E também Dona Lili
Por sem ser autorizada
Tê-los mencionado aqui
É que não sabem vocês
O quanto bem me fizeram
Pois com duas pequenas frases
Me tornaram mais feliz
E disso nunca souberam
Mas agora já o sabem
Dona Lili, Deus a tenha
Benedito, Deus o guarde...

Minha Querida Urupês

Criei-me nesta cidade
Lá vivi desde os meus seis
E saí aos vinte e dois
Idade em que me casei
Urupês ... quantas lembranças...
Tanta história pra contar
Caberiam tantos livros
Pras histórias eu narrar...
Urupês... tenho carinho
Gratidão... e tudo o mais
Por você que me acolheu
E então, o que falar
Da sua gente querida
Que ao longo de tantos anos
Me abraçou, me viu crescer
Acompanhou-me de perto
Viu meus risos descabidos
Viu meus choros tão sentidos
Minhas perdas e meus ganhos
Bem mais ganhei... não perdi...
Viu-me triste e tão alegre
Riu das minhas gargalhadas
Minha marca registrada
Viu-me insana feito poucos
Viu-me pouco comportada
Pois para aqueles velhos tempos
E para certos parâmetros
Eu era bem avançada
Mas também me viu bendita
Me viu com olhos maternos
Na minha árdua jornada...
Olho atrás, penso comigo

Tenho lá tantos amigos
Urupês... amo você
Sua gente de outros tempos
Amo seus descendentes
Gente boa, minha gente
Solícita e tão presente
Sempre que eu precisasse
Até hoje... anos e anos depois
Toda vez que volto lá
Percebo o amor que ficou
Nos antigos do meu tempo
E também dos tempos outros
Que vieram bem depois
Sou grata Urupês querida
A você... acho tão linda
Sua igreja... sua praça
Seu bucolismo tem graça
Tem histórias... tanto amor
Nos sonhos que são de todos
Os que ficam e os que vão
E os que voltam pra buscar
Sossego e paz no seu leito...
Você cresceu minha linda
Não é mais tão pequenina
Tornou-se então produtiva
Progrediu, gerou empregos
Mas ainda tem o sossego
Do seio de quem abriga...
Urupês... pisei tanto suas ruas
Nas lamas das grandes chuvas
E ao cobrirem você de asfalto
Estava eu lá pisando o piche...
Acompanhei cada passo
Sujei os meus pés descalços
No chão que agora eu beijo
Pra reverenciar você querida
E dizer muito obrigada

Pela sua acolhida
Pois sempre que precisei
Meus chamados atendeu
Não só os meus, dos meus pais,
Avós, irmãos, marido, filhos...
Sim...dos meus filhos também...
Enfim, a caçula nasceu lá
Brincaram nas suas ruas
Frequentaram a mesma escola
Que um dia eu frequentei
Grupo escolar de Urupês
Obrigada, gente boa
Obrigada, terra minha...
Beijo o seu chão tantas vezes
Curvo-me a você tão querida...

Ciranda Cirandinha

Tanta criança na rua
Solta, livre, em algazarra
Toda noite, era de praxe
Criançada reunida
Brincadeiras tão saudáveis...
Eu sempre estava lá
E na roda me esbaldava
Com Senhora dona Sancha
Coberta em ouro e prata
Atirei o pau no gato
Tinha pena do gatinho
Machucado, escorraçado
Cirandava, declamava
Batatinha quando nasce
Ficava no meio da roda
E me sentia o máximo
Pequenina era eu
Pequeninos sonhos meus...
Quais sonhos sonhava eu?...
Rodava, ria, chorava se caia
Chorona... chora menina
Me diziam os grandes...
Pois crianças me entendiam
Me cercavam, me chamavam
Não chora ...entra na roda
Vamos todos cirandar
As cantigas eu sabia
Se essa rua fosse minha
O anel que tu me destes
O amor que tu me tinhas
Não...não era pouco
Nem tampouco se acabou...

Brincava de amarelinha
Céu, inferno, pular corda
Passa anel, esconde - esconde
Não via passar o tempo
Mas quando a hora soava
Bastava só uma chamada
Dormia com dor nas pernas
Quem mandou ser "avoada"
Sonhava, mistura ingrata
Pesadelos... sonhos bons
Confusão ... tudo girava
Criançada em profusão
Terminei meus afazeres
Me esperem, eu já vou
E tudo recomeçava
Nessa rua onde eu vivia
Poucas horas pra brincar
Mas eu sempre aproveitava
Ah, meu Deus... como era bom......

"O Exorcismo"

Morávamos numa casinha
Ao lado, no quintal
Da casa do tio Luiz
Irmão da minha mãe
Éramos nessa época
Com meus pais e meus irmãos
Oito pessoas ao todo
E meu tio tinha também
Junto com a tia Isaura
Os seus 5 ou 6 filhos
Eram então muitas crianças
Se juntadas aos vizinhos
Eu tinha naquela época
Uns oito pra nove anos
E era muito sapeca
Bem esperta pro meu tempo
Me destacava nas falas
Tinha meus pontos de vista
Levava tapões na boca
Pois nunca me contentava
Como meus pais queriam
Em receber simples nãos
Sempre exigia pra tudo
Alguma explicação
E era inconformada
Com tanta pobreza à volta
Também muito revoltada
E a cada irmão que nascia
Ainda mais me rebelava
E pra completar minhas mágoas
De criança muito pobre
Meus primos e tios ao lado

Tinham sempre o necessário
Lembro-me de certa vez
Quando fui juntar lavagem
Das casas nossas vizinhas
Para sustentar alguns porcos
Vi, boiando nos restos
Alguns pedaços de queijo
Que só os bichos comiam
Mas minha vontade era tanta
Que peguei esses pedaços
Lavei-os e os comi
E nunca mais me esqueci
Que vontade de criança
Quando é mal alimentada
É suplício, dói na alma
Mas conto esta passagem
Das tantas pelas quais passei
Só pra enfatizar
O porquê de tanta mágoa
E de tanta rebeldia
Sei porém, não era fácil
Pros meus pais tão desprovidos
Das coisas materiais
E de outras coisas mais
Ter como eles diziam
Filha tão malcriada
Mas onde eu quero chegar
É num fato ocorrido
Aliás, foram várias as vezes
Que isso me aconteceu
Minha mãe, muito católica
Cria piamente nos padres
E num Deus de punição
Acreditava em demônios
Me achava possuída
Quando eu me rebelava
E chamava um sacerdote

Pra me benzer e tirar
O capeta do meu corpo
Tão franzino de criança
Desprovido de quase tudo
E que tinha em sua alma
Só insatisfações e medos
Pois esse padre chegava
Munido de água benta
Punha meu rosto encostado
No seu colo de batina
Segurava minha cabeça
Me benzia com palavras
Que até já me esqueci
Mas me fazendo entender
Que eu me afastasse do demo
E de tudo o que era ruim
Que obedecesse a todos
E deixasse de pecar
Pra livrar-me do inferno
E blá, blá, blá, blá, blá, blá...
Ah ...E quero também contar
Que tudo isso era feito
Com todos me rodeando
Um bando de crianças por perto
E eu, com vergonha e revolta
Ficava torcendo forte
Pra terminar logo aquilo
Pois tinha também o agravante
De tendo o nariz encostado
Na batina preta do padre
Sentir um cheiro esquisito
E acreditem, não era de flores
Também não era de enxofre
Mas de uma coisa rançosa
Precisando muito ser lavada
E ao terminar a tal bênção
Ele sempre me dizia

Agora pode ir em paz
Como se fosse possível...
Pois isso só aumentava
A raiva e a mágoa também
De me ver incompreendida
Por aquele que diziam
Ser o representante de Deus
Lembro-me de ouvir certa vez
Numa brincadeira de roda
Certa criança dizer
Não quero pegar sua mão
E ao perguntar porque
Ela me respondeu:
-Vi o padre te benzer
E você não é de Deus-
Dei-lhe um beliscão tão forte
Que a fez urrar de dor
Saí correndo, e por sorte
Disso, nem minha mãe
E nem o padre souberam
Pois seria a minha morte
Mas tudo ficou lá atrás
Bem distante, é passado
E no fim o que restou
É puro aprendizado
Por isso sou muito grata
Pela minha doce vida
Por ser hoje tão feliz
E porque nada me falta...

O Zé do Pirulito

Meu irmão José de Marqui
Vulgo Zé do Pirulito
Nasceu cinco anos depois
De mim, sua segunda irmã
Contando somente os vivos
Pois já haviam falecido
Uma irmã de três aninhos
Também nosso irmão Zezinho
E tal qual nosso finado
Foi chamado de José
Logo que ele nasceu
E ao ser por meu pai mostrado
Vi um rosto pequenino
E o narizinho enrugado
Ainda não tinha as sardas
Que adquiriu depois
O corpinho bem miúdo
Que minha mãe enfaixava
E deixava muito firme
Parecia engessado
Para que eu pequenina
Pudesse ficar cuidando
Sentada com ele ao colo
No chão, que se o derrubasse
Seria menor o tombo
Não gostava nem um pouco
Dessa responsabilidade
E quando dava a mamadeira
Não via a hora que acabasse
Fomos então crescendo
E eu nem sei bem porque
Brigávamos qual cão e gato

Mas éramos muito crianças
E também tão parecidos
Trabalhosos, muito arteiros
Inventando traquinagens
Mentindo se precisasse
Pra nos livrar dos castigos
E então por qualquer coisa
Um enfrentava o outro
Bastava um olhar torto
Ou um riso fora de hora
Pra eu lhe dar uns bons tapas
E ficar com muita raiva
Pois ele nunca chorava
Dava puxões de orelha
Ia atrás com ameaças
E nada dele chorar
Mas devo dizer também
Que era bem encapetado
Íamos então crescendo
Em meio a muita pobreza
Eu fazendo mil coisas
Pra ganhar algum dinheiro
E ele, tão pequenino
Já trabalhando também
Vendia frutas, verduras
Tudo o que aparecia
Até bibelôs com defeito
Restos de algum bazar
Algumas vezes vendeu...
Era um vendedor inato
E acho que muitos se lembram
Desse mesmo menininho
Sempre com um sorriso
De dentinhos podres na frente
Vendendo seus pirulitos
Feitos por nossa mãe
Colocados num tabuleiro

Bem furado enganchado
No pescoço do menino
Que alguns comprovam por gosto
E outros só pra ajudá-lo
E quando voltava pra casa
Chegava todo melado
Roupas, braços e pernas
E às vezes reclamava
De um certo mal do estômago
Que sempre o acompanhava
Trazia muito bem contado
O dinheiro tão suado
E entregava à minha mãe
Que um pouco separava
Pra fazer doces de novo
E tudo recomeçava
E é por isso que até hoje
Com carinho é chamado
De Zé do Pirulito
E não tem nenhum conflito
Teria mais de mil histórias
Pra contar deste irmão
Mas a que me ocorre agora
É de uma certa vez
Que depois de muita briga
Tapas, socos, beliscões
Sobrados mais para mim
Pois meninos têm mais força
Vi que ele tinha crescido
Porém, nem mesmo assim
Eu me dei por vencida
Peguei um pedaço de pau
Ameacei... Eu te pego...
E te mato se pegar
Agarrei-o pela camisa
E quando senti o gostinho
De tê-lo pego de jeito

Abriu ele os botões
Tirou um braço, depois outro
E me deixou sem ação,
Pasma e cheia de raiva
Com sua camisa na mão
Então não o perdoei
Corri e o agarrei de novo
E ele, em seu desespero
Se deitou, fingiu de morto
E fez isso tão bem feito
Que eu me pus a gritar
Levanta daí, Zezinho
Pelo amor de Deus, acudam!
Matei o meu irmãozinho
E saí desnorteada
Em busca de algum adulto
No que ele se levantou
Riu até não poder mais
E eu, fula de novo
Pois todos riam de mim
Prometi: -algum dia te pego
Aí te mato bem morto -
E essas rixas continuaram
Ainda por muito tempo
Mas mesmo depois de anos
Quando tudo ficou lá atrás
Sinto ainda uma tristeza
Por ter sido tão cruel
Com aquele menininho
Que mesmo a contragosto
Muitas vezes embalei
E quando meu primeiro neto
Nasceu com a mesma carinha
Tudo me veio à tona
Então o peguei nos braços
O beijei como se fosse
Meu irmão nascido de novo

E chorei tudo o que pude
Pra lavar o meu remorso
Por isso aproveito aqui
Pra pedir os meus perdões
A você Zé do Pirulito
José de Marqui ou Zezinho
E quando me lembro ainda
Com tristeza do que fiz
Me consolo por saber
Que você querido irmão
Depois de tão bom menino
Se tornou um grande homem
Em tudo bem sucedido
Construiu sua família
Nunca deixou de estudar
É hoje grande empresário
Autor de livros publicados
Trata a todos com respeito
Sempre cuidou dos pais
E de tantos outros mais...
Obrigada meu irmão
E que você tenha sempre
Muita alegria e paz...

O Andarilho

Era ainda de manhã
Mas o sol já estava quente
Quando peguei minhas coisas
A bolsa com meus cadernos
E um cesto bem pesado
Dos legumes que eu vendia
E ficava oferecendo
Até o horário da escola
Batia de porta em porta
Todos me conheciam
Levava pimenta, abóbora
Quiabo, tudo o que tinha
Colhidos onde eu morava
Na chacrinha emprestada
Chamada cachoeirinha
Este lugar distava
Mais ou menos dois quilômetros
De nossa cidadezinha
Eu tinha então nove anos
Mas desde a idade de sete
Já ganhava um dinheirinho
Que fora sempre entregue em casa
Tostão por tostão contados
E ai se faltasse um trocado...
Ia então já bem cansada
Preocupada como sempre
Em ficar bem antenada
Pois nesta estrada havia
Uma subida bem íngreme
Onde às vezes em seu topo
Alguns chifres apontavam
Da boiada irrefreável

Que descia em disparada
Me fazendo morrer de medo
E então nalgum barranco
Trêmula me encostava
Enquanto o gado passava
Mas antes da tal subida
Havia uma biquinha
De água bem cristalina
Lugar onde eu sempre parava
E matava minha sede
Era um lugar bem ermo
Lá eu sempre encontrava
Alguns cachorros vadios
E andarilhos, gente estranha
Foi neste dia então
Que ao chegar na tal biquinha
Vi um homem maltrapilho
E ouvi que me chamava
Tinha seu membro de fora
Coisa descomunal
Fazia gestos, falava
Eu então pus-me a correr
Mas não podia ir depressa
Pois o cesto me pesava
Veio o homem atrás de mim
E dizia: -vem menina
Não adianta correr
Que te pego mesmo assim-
Fiquei muito apavorada
Levei um tombo e ele veio
Era o vulto do demo
Mas foi então que um anjo
Apareceu-me do nada
Era o único taxista
Que existia na cidade
E por acaso voltava
De uma rara viagem

Parou buzinando seu carro
Desceu dele e fez menção
De pegar o tal tarado
Mas ele entrou no pasto
Correu e ganhou distância
E então, o meu salvador
Que já era bem conhecido
Levou-me pra sua casa
E sua mulher me cuidou
Limpou a terra e o sangue
Do tombo que eu levei
Deu-me almoço, deu-me bolo
Comprou de mim uns legumes
E vendeu todos os outros
Para alguns de seus vizinhos
E daquele dia em diante
Fazendo o mesmo caminho
Nunca mais tive a coragem
De beber daquela água
Tomei nojo da biquinha...

Nona Carlota

Carlota, mãe do meu pai
De sobrenome De Grande
Se eu pudesse ter escolhido
Teria herdado seu nome
É que sempre o liguei
À grande mulher que foi
A mulher que eu muito amei
Tão inocente... bondade rara
Submissa ao seu marido
Cuidadora dos dez filhos
Só fazia trabalhar
Dizia não ter preguiça
Poucas horas lhe bastavam
Para o corpo descansar
Nunca alguém a ajudou
Na faina do dia a dia
E dos dez filhos que teve
Só lhe veio uma filha
A mais velha, mas foi cedo
Se casou... nunca mais viu
Sua filha tão querida...
Chorava ao falar dela
Ah... minha avó... fosse hoje
Se preciso moveria
Céus e terra pra encontrar
A sua única filha
Sabe, Nona, lembro bem
Quando eu a visitava
Lá em Sales, na fazenda
Numa casinha bem rude
Da colônia em que morava
Tão pobre, nona querida...

Mas você, sempre que eu ia
Me fazia tão feliz...
Quanto agrado você tinha
Comigo, pirralha traquina
Ria de tudo, achava graça
Daquilo que eu aprontava
Me mandava declamar
As poesias que eu sabia
Os pombinhos de Jesus...
O triste carro de boi
A Conceição de Murilo...
Essa tão complicada...
Só depois de muitos anos
Entendi certas palavras...
E você pedia bis
E sempre, sempre chorava
Mas gargalhava também
Nona... será que herdei
De você tantas risadas?
E então, minha Noninha...
Ria tanto... mas de que?
Ah, querida... dura vida
Quantas pedras no caminho...
Quanto ver você sofrer...
Nona, você foi santa
Desde o seu amanhecer
Não a canonizaram
Não sabiam de você
Foi embora... tão sofrida
Morreu quase aos noventa
Num sofrimento atroz
Recebeu parcos cuidados
Mas todos que a conheceram
Filhos, amigos, netos
Dessa família tão grande...
A amaram, respeitaram
Sabiam do seu valor...

Dos legados que deixava
Do amor que ensinou
Nos exemplos de bondade
Que sempre a acompanhou...
Beijo você de joelhos
E me curvo em reverência
A você, avó querida...
Sei que me vê, grande amiga
Que ainda ri comigo...
Mulher santa... nobre dama...
Senhora Carlota De Grande...
Minha Nona, eterna e linda...

Um Cantor Só Pra Mim

Clemente habitava um sítio
Pras bandas onde eu morava
Empregado, lavrador
Homem puro, sem maldades
Meu pai assim o dizia
Não sabíamos sua idade
Mas a mim ficou ter ele
Uns quarenta, ou pouco mais
Eu ainda era criança
Quando trôpego passava
À noite... todos os sábados
Pela estrada... madrugada
E deitada em minha cama
Num velho colchão de palha
Eu sempre o esperava
Passava bêbado, coitado...
Pela estrada esburacada
Nem sei como conseguia
Mas alguém disse-me um dia
Que subia na porteira
E sentado bem no alto
Cantava então suas mágoas
Nas canções que inventava
Intermediando com choros
Era fanhoso... fanho cantava
Sem ritmo, desafinado
Um lamento... canções tristes
Será que você, Clemente
Queria pedir clemência
Pra fazer parar doer
Uma dor que dói pungente
Que se chama dor de amor?

Qual amor que o afligia
Que mesmo em noites frias
Na cachaça e no lamento
Você inclemente curtia?
Mas então em manhã triste
João Clemente amanheceu
Todo cheio de formigas...
Bem mortinho... ai, meu Deus...
Disseram que fora roubado
No dia em que recebeu
Seus trocados por salário
Saiu à noite e bebeu
E o pegaram ao voltar
Levaram o seu dinheiro
E o mataram sem clemência
Nem as vestes lhe sobraram
Ah... que tristeza... um horror...
Foi embora o bom Clemente
Nunca mais o meu cantor...

Rezar o Terço

Toda a noite a mesma coisa
Rezar terço ajoelhada
No chão duro de tijolos
Não esqueço, era novinha
Ai, Jesus, como doía
Meus joelhos tão fininhos
Ralavam no chão batido
Pai, mãe e todos os filhos
Só os muito pequeninos
Eram então poupados
Ah... que terço demorado
Mas na cama eu me encostava
Tinha a Salve Rainha
Os mistérios no intervalo
E a cada dez Ave Marias
O Pai Nosso era rezado
Que canseira, pasmaceira
Terço brabo de acabar
Ladainha tão comprida
E então vinham adendos
Rezar pra todos os mortos
Parentes e conhecidos
Tanto morto já morrido
Puxava bem lá atrás
Um Pai Nosso era dito
Pro fulano, pro sicrano
Beltrano que morreu ontem
E os mortos só aumentando
Pois sempre morria alguém
E então era agregado
E só aumentando a fila...
Eu ficava muito fula

Ah... Senhor... precisava tanto?
Me distraia da reza
Vagava longe... voava...
Pensava em qualquer coisa
Menos nas Ave Marias
Isso ao menos eu fazia
Já que os meus pensamentos
Minha mãe não alcançava
Mas ela me olhava torto
Eu então virava o rosto
Me fazia de santinha
Fingindo não entender
Levava sempre castigo
Fique aí ajoelhada
Mais um pouco pra aprender
Que terço é coisa sagrada
Ah... meu Deus... dava uma raiva!
Hoje rezo, não o terço...
Falo direto com Deus
Dialogo, Ele me entende
Digo a Ele fique em mim
Pois és meu melhor amigo
Terço já rezei bastante
Você, Deus, me compreende?
E Ele responde: sim...

Pés No Chão

Minha mãe plantava horta
Pequena, mas dá pro gasto...
Dizia enquanto colhia
Salsinha, cebola e alho
Tinha alface, almeirão
Chicória, rúcula, couve
E ao lado, rente à cerca
Tomate, chuchu, quiabo...
Sempre amei plantações
Ou qualquer planta que fosse
Tenho encanto pelas hortas
Quando saio, aguço os olhos
Viajando, olho às voltas
E assim que vejo, exclamo
Nossa....que bela horta!
Sou terra, sou pés no chão...
Tenho em mim uma roceira
Plantadeira, fuçadeira
Saio ás vezes por aí
Procurando, vou buscando
Encontrar plantinha ou outra
Rente aos muros ou às cercas
E mesmo em terras baldias
Alguma planta nativa
Serralha... até tiririca
Que aproveito... sei usar
Tiririca feito suco
Melhora nossa saúde
Serralha...faz tanto bem
Pra pele e digestão
Ah... têm muitas outras também
Que agora nem lembro os nomes

Mas se encontro as reconheço
Fico alegre, acho bom
Aproveito-as quando posso
Sou terra...sou pés no chão...

Recolhendo Ovos

Logo pela manhã
Era praxe olhar os ninhos
Das galinhas, patos, gansos
Angolinhas e perus
Que delícia achar os ovos
Pegava, examinando
Alguns ainda quentinhos
Saídos naquela hora
Tinha pena dessas aves
Sentia até arrepios
Buraquinho tão estreito
Expelindo com aperto
Aquele ovo tão duro
Bem maior que o fiofó
Coitadinhas... sem escolha
Mas eu podia escolher
Entre ter filhos ou não
E jurava de pés juntos
Não os ter porque eu cria
Ser assim que eles nasciam
Nós mulheres expelindo
Pelo ânus... ai que dor...
E então muito eu pedia
Senhor Deus, Virgem Maria
Não permitam por favor
Criar em minhas entranhas
Uma criança que for...
Pensava em minha mãe
Tendo filho a cada ano
Tinha dó da coitadinha
E então por várias vezes
Quando um irmão nascia

Questionava como seria
Quando ela se levantasse
Com tudo assim tão aberto
Vão sair as suas tripas
Ah, Senhora bendita...
Que isso não lhe aconteça
E quando então eu a via
Se levantando da cama
Olhava logo pro chão
Pra ver se caíra algo
Suspirava... que sufoco...
Êta pensamento louco...

Voltando da Escola

A estrada era deserta
Tranquila, estreita, incerta
Curta nas curvas e nas retas
Galhos cobriam cercas
As ramagens balançavam
Parecendo, quando lembro
Com fantasmas desgrenhados
Redemoinhos formavam
Na terra solta, vermelha,
Poeira de arder os olhos
Ventanias, quando vinham
Na baixada assobiavam
Um barulho que assombrava
E a meninada gritava, ria
Gargalhava... que doideira
Espantando o gado manso
Abrindo qualquer porteira
Traquinagens, pouco siso
Voltando á tarde da escola
Molecada sem juízo
Jogava pedras nas cobras
Procurava macaúbas
Trepava o jatobazeiro
Brigando por jatobás
Eta fruta mais sem graça...
Fedorenta, disputada a tapas
Que fazer... outra não há...
Peguei oito, Zé Maria
Vou trocar com guaraná
Na classe, com meu colega
Ah... eu também quero trocar
Macaúbas, tenho vinte

Amanhã vou me esbaldar
Troco todas as que tenho
Por um pão com mortadela
E um copo com guaraná...
E você... pegou o que?
Pouco, não vai dar
Junta aqui... trocamos juntos
Negócio não faltará
Tanta gente interessada
Em macaúbas roubadas
E também em jatobás
Tem menino empanturrado
De lanche com mortadela
E de beber guaraná....

Estranho Homem

Certa vez, estranho homem
Pedinte... passou por lá
Na casa pequena e pobre
Nem bateu, foi logo entrando
Dizia estar com fome
Minha mãe o atendeu
Deu-lhe um prato de comida
Rente à porta ele sentou
Comeu feito cão faminto
Não falava... olhava só
Encarava... era enorme
O homem que me ficou
Minha mãe apavorou-se
Nossa casa em lugar ermo
Só a nós... éramos seis
Crianças... Meu pai ausente
Minha mãe olhava longe
Na esperança do meu pai
Chegar... já escurecia
E o homem calado olhava
Mirando firme a barriga
Tão grande da minha mãe
Prenha, já quase pronto
O filho que havia lá
E o pedinte que não ia...
Não saía do lugar...
Sua barba tão comprida
Nem dava pra precisar
Seu rosto, se era belo...
Ancião ele não era...
Minha mãe com tanto medo
Me pediu para rezar

Pra que ele fosse embora
Procurasse outro lugar...
Ou que o marido chegasse
E acabasse a agonia
Mas o homem não se ia...
E então, já bem noitinha
Acendidas as lamparinas
O homem se levantou
Pediu água e ciciou
Tinha voz doce, macia...
Olhou firme sua barriga,
E com palavras bem ditas
Ele então pronunciou...
Tens aí belo guri...
Fez-lhe curta reverência
Agradeceu, foi embora
Minha mãe nada falou
E quando chegou meu pai
Tudo a gente lhe contou
Mais uns dias se passaram
Nasceu um forte menino
De olhos claros... tão lindo!...
Coincidência? Não sei...
Ou será que o tal pedinte
Sabia enxergar além?
Viu mesmo ser um menino
Aquele pequeno ser?
Acredito que ele viu
Sim...Pelo jeito que falou
Ele enxergava além...

A Reza

Descalça pisei um rato
Tão morto que até cheirava...
Fui lavar pé no riacho
Escorpião me mordeu
Santo Deus... sozinha estava
Sem ninguém pra me valer
Ai que dor... até urrava
Meu pé inchou, sapo virou
Não podia andar, correr
Cavaleiro me encontrou
Cavalheiro, me amparou
Lavou com sabão de soda
Meu pé que a dor não passava
Fez com a faca uma cruz
Sua mãe, velha senhora
Benzeu meu pé – ai Jesus...
Cura, Pai, a pobrezinha
Tira a dor dessa menina
E a peçonha que há aí...
Repete comigo a reza
Pai nosso que estais no céu
Pronto... agora pode ir...
Garanto que a dor passou...
E não é que passou mesmo?
A reza cortou o veneno
Ou foi a fé que curou?
Não sei... Também não entendo
Só sei que ainda me lembro
Mãe e filho me cuidando
Rezando por minha dor...
Quanto amor eu recebi
Desses dois me resgatando
Me valendo feito anjos...

Meninos Feios

Saía à tarde da escola
Mas antes de ir pra casa
Era costume passar
Na casa do tio Antonio
Lá brincava com meus primos
E antes do escurecer
Muito, muito a contragosto
Pegava então meu caminho
Morava em uma chácara
Distante, se bem me lembro
Dois quilômetros da cidade
Ia sempre pela estrada
Mas estava anoitecendo
Por isso atalhei num pasto
Pra chegar depressa em casa
Morria de medo das vacas
Que pastavam tão tranquilas
Mas tinha pavor do escuro
Cortei então pelo mato...
Carregava bem apertada
Como fosse um troféu
Uma lata grande de toddy
Que a tia Inês me deu
Coisa tão rara pra nós...
Ia feliz com o presente...
Antecipando a alegria
Que os meus iriam ter
Mas eis que não sei de onde
Surgiram à minha volta
Quatro ou cinco meninões
E eu tão miudinha
Nos meus oito... nove anos...

Tive a real sensação
De gigantes me envolvendo
Era o mundo me engolindo...
Foram logo me cercando
Levantaram meu vestido
Me falavam, não entendia...
Diziam... dá pra nós...
Tem que dar pra nós, menina...
E eu, muito inocente
Chorava... até pedia...
Me deixem, não posso dar
Eu ganhei da minha tia...
E eles então se riam
Riam quase até rolar...
Penso nisso, fico pasma...
Me arrepia só em lembrar
A importância que a mim tinha
Defender fina iguaria
Queria sair correndo
Pra salvar aquela lata
Mas eles não me deixavam
Riam, me bolinavam...
E quando me derrubaram
Um deles me levantou
Pediu que eles me deixassem
Foi vaiado... mais, não vi...
Corria já em meio ao pasto
Atravessei e nem senti
O córrego que aí passava
Chorava de soluçar
Que susto, meu Deus passei...
Mas pensava...ainda bem...
Salvei a lata...ah...salvei...
Seria cômico se não fosse trágico...

Tratando Porcos

Minha mãe ficava fula
Pois sempre que me mandava
Tratar porcos, eu dizia
Tá muito sol... que mormaço...
Deixa o sol baixar um pouco...
Coitados... E os porcos esperavam
Baixar o sol e a preguiça
Quanta liça... era criança
Mas disso tenho remorso...
Eu ia mole, sem pressa
Com a lata das lavagens
E isso, pra quem não sabe
Eram restos de comida
Dormida, apodrecida
Juntada dos meus vizinhos
Cheirava podre, um horror
Eram porcos que comiam
Credo... quase vomito
Só de lembrar me aflijo
Jogava tudo depressa
No coxo, e eles vinham
Famintos comer os restos
Depois tinha que dar água
Tirada de um poço fundo
Me imundava com os respingos
De lavagem que caiam
E então pegava a água
Me lavando da catinga
Tirava um outro balde
Dava aos porcos, puxava outro
Pra levar água pra casa
Me lembro... não dava a eles

A água suficiente
Nada entendia... tinha pressa
De acabar essa agonia
E então, quando meu pai
Matou um capacho gordo
Ao abrir, disse não presta
Tem pipocas pelo corpo
Minha mãe falou depressa
Vai ser frito, ora essa...
Mas eu sei que disse aquilo
Pois comer era preciso
Já que esperava por meses
Obter tanta fartura
Fecharam então os olhos
Não se falou mais nisso
E tudo se aproveitou
A gordura, a carne, o couro
Mas eu sabia... faltou água
Ouvi o exclamar do vizinho
Faltou água ao coitadinho...

Saracura Três Potes

Meu pai era lavrador
Puxava a enxada com força
Tanto o vi nessa faina
Às vezes o acompanhava
Em outras, levava o almoço
E andava, e andava...
Tropeçava em meio à terra
Revirada já em buracos
Pra enterrar suas sementes
Via ao longe aquele pai
Capinando... sol tão quente
E me vendo então chegar
Parava, encostava a enxada
Faminto... e a gente sentava
Embaixo da única árvore
Que havia em meio à roça
Conversávamos... era comum
Meu pai reclamar do tempo
Do estio prolongado ou da chuva
Que nunca vinha a seu tempo
Plantação que não nascia
Chão duro pra capinar
E eu triste então ouvia
Ao longe uma saracura
Cantando ela repetia
Parecia falar... três potes
Repetia... três potes sem parar
Achava triste esse cantar
Associava à falta d'água
Ao feijão que não nascia
Ao arroz que não cacheava
O milho... a espiga secando

Ainda sem nem granar
E a saracura cantava
Mau agouro, eu pensava
Canta, canta saracura
Peça a Deus que mande chuva
Ou para esse cantar
Canta, bela criatura...
O rio não pode secar
Seca o pranto, mas não seque
A água que a gente bebe
Que faz a planta nascer
Que faz a gente cantar
Canta ave barulhenta...
Faz o seu canto chegar
Até onde a nuvem chega
Cante e não seja agourenta...
Cante pra chuva molhar...

Órfãos

Era assim toda manhã
Na cidade pequenina
Eu cumpria um ritual
Gostava ir todo dia
Buscar pão na padaria
Ia alegre e sem pressa
Voltava comendo pão
Quentinho, era tão bom...
Mas eis que certa manhã
Vi movimento na rua
Frente à casa do vizinho
Curiosa, fui pra ver
Ah!... nunca mais esqueci
Triste quadro presenciei
Um silêncio... lembro bem
Nenhum choro pra quebrar
Entrei... e em meio à sala
Na mesa pobre, sem flores
Uma jovem mulher morta
E sentados, sonolentos
Seis crianças velavam
O corpo da mãe, tão pobre
Tinha dado à luz de noite
Não aguentou, pobrezinha
Cada ano um filho vinha
O sétimo, alguém cuidava
Mal havia despertado
Já sem mãe... pobre coitado...
Os outros... ah, os outros...
Seis, entre dois e oito
Dois deles, o pai levava
Tinha um em cada braço

Nunca vi tanto desgosto
Abobado, nem chorava
Minha mãe então chegou
Levou-os pra nossa casa
Fui correndo, trouxe pão
Ajudei alimentá-los
Pois pediam pela mãe
Choravam, queriam colo
Tentei um certo consolo
Mas eles não aceitaram
Não me lembro de mais nada
Só sei que naquele tempo
Com os recursos tão parcos
Era muito, muito comum
As mães morrerem de parto...

O Meu Irmão Donizete

Nasceu lindo esse menino
De olhos verdes, bem loirinho
Chegou saudável e forte
E até hoje continua
Saudável, forte, bonito
A Zezé é quem o diga...
E seria muito injusto
Se aqui não mencionasse
Que faz parte das pessoas
Mais bondosas deste mundo
Lembro até que nossa mãe
Não conseguia esconder
O orgulho que sentia
Por ter filho tão bom, tão lindo
E eu, com dez anos completos
Me sentia meio mãe
E também o exibia
Como fosse meu troféu
Foi então que nossa mãe
Por estar muito doente
Aceitou contrariada
Entregar o pequenino
A uns parentes de fora
Pra cuidarem do menino
Até que ela, mais forte
Pudesse tê-lo de volta
Eu entrei em desespero
Tive insônia, pesadelos
Mas enquanto não levassem
Aquela criança embora
Havia ainda a esperança
De um milagre acontecer

Esperança logo desfeita
Pois chegaram os meus tios
Pra levar nosso menino
Tão pequeno, tão novinho
E eu, sem ter o que fazer
Chorei meu pranto doído
Numa tristeza profunda
Porque a mim parecia
Que aquele irmãozinho
De olhos claros e tão lindo
Nunca mais retornaria...
Mas hoje já nem me lembro
Quanto tempo, ficou longe
Se um, dois ou mais meses
Pois essa dura lembrança
Com o tempo se desfez
Minha memória apagou
Mas ainda lembro bem
Do momento em que voltou
Chegou ainda mais bonito
Bem tratado, tão risonho
Era um anjo feito gente
Estava além dos meus sonhos
E eu, muito orgulhosa
Arrumava o menininho
Com suas roupinhas novas
Tão bonitas e charmosas
E mostrava a todo mundo
O nosso lindo menino
Me exibindo toda prosa...

Nona Maria

Minha querida Noninha
De nome Maria Spagna
Tão santa, que Deus a tenha
Mãe da minha mãe Tereza
Veio menina da Itália
Acho que bem miudinha
Pois mesmo depois de adulta
Continuou pequenina
Tão graciosa, usava franja
Nos cabelos bem branquinhos
Era linda essa Noninha
Só falava italiano
No seu tosco dialeto
E acho que dentre os netos
Inúmeros, perdi a conta
Fui a mais privilegiada
Pela sua companhia
Pois vivi tempos com ela
Quando bem pequena ainda
E então anos depois
Veio ela, já velhinha
Morar com nossa família
Por isso tenho muitas histórias
Pra contar dessa Noninha
Mas a que me ocorre agora
E me traz doce lembrança
Foi quando ela completou
Seus oitenta e tantos anos
Grata, em nossa companhia
E nós, faltos de tudo
Comíamos até com gosto
Aquilo que aparecia

Bolo solado, açúcar queimado
Doce de abóbora mal acabado
E até pão com açúcar
Era bem aproveitado...
Resolvi então juntar
Com bastante antecedência
Alguns míseros trocados
E com muita alegria
Comprei açúcar, fubá
Leite, fermento e trigo
Fiz um bolo bem pesado
Polvilhei de muito açúcar
Pra melhorar o confeito
Pus nele um toco de vela
Chamei a nona Maria
E com toda a família
Cantei junto os parabéns
Pedindo a Deus muita vida
Pra nossa doce anciã
Ela então chorou sentido
E me disse agradecida
Ser aquele o único bolo
Ganho em toda sua vida
E comeu como se fosse
A mais fina iguaria
E então passados meses
Minha Noninha se foi
E o bolo que eu lhe fiz
Tão solado, tão suado
Ficou em mim para sempre
O feito mais consagrado...

Vida Dura

Usei muito fogão a lenha
Lavei louça na bacia
Ariava com areia
Panelas tão cascorentas
Com sabão e água fria
Lavei tanta roupa suja
Puída....bem encardida
Da roça e dos terreiros
Do barro, esterco de gado
Roupas pra todo lado
Que não acabavam mais
Pai, mãe, tantos irmãos...
Puxei muita água de poço
Bati roupa no tolão
Corei nas gramas do pasto
Rente, bem rente ao chão
Usei sabão feito em casa
Por mim, de cinza coada
Passei roupa ressequida
Usando um ferro em brasa
Criei ferida nos dedos
Tão jovens dedos miúdos
Branquinhos, bem afilados...
Tinham calos, bolhas, pus
Sangrava o canto das unhas
E se á noite latejava
Punha as mãos na água quente
Chorava quando tirava
Inclemente era a dor
Corria daqui...dali...
Azáfama, vida dura
Travessuras dos irmãos

Mãe doente quase sempre
Quanta coisa pra fazer...
Valei-me, Senhor Jesus,
Dai-me força pra aguentar
Tanto irmão pra eu cuidar
Roupa imunda todo dia
Cozinhar, limpar, enfim...
Naquele tempo era assim
Velhos tempos de menina
Quando à luz de lamparina
À noite eu me deitava
E exausta então sonhava
Com uma vida melhor
Velhos tempos...bem lá atrás...

No Convento

Fui aos onze pro convento
Fiquei lá dois, quase três
E nesses tão poucos anos
O melhor eu aprendi
Muito me aconteceu...
Parece que durou tanto
Foi maçante, foi estranho
Sou tão diferente daquilo
Que era imposto, exigido
Freiras rígidas... era preciso
E eu muito sem juízo
Tempos outros... tantos anos
Mais de cinquenta... quanto?
É mesmo... o tempo passa
Tínhamos que rezar muito
Estudar... fazer silêncio
Não podia quase nada
No recreio pouco tempo
Dormir cedo, levantar
Com as palmas ressoando
Ai que sono... mais um pouco
Fingia não escutar...
Freiras santas, outras chatas
Compreensivas... outras não
Tinha freira mal amada
Freira por imposição
Tinha freira boazinha
Tinha mulher de montão
Umas que me amavam
Amadas, davam amor...
Duas me amavam não...
Ah que raiva dessas duas

Como eu as detestava
Levavam nomes de santas
Só o nome... pois a fama...
Não tenho saudade, não...
Tenho é muita gratidão
Me ensinavam tocar piano
Declamar, representar
Procuravam outros dons
Mas eu era bem levada
Levava castigo em vão
Confessava, olhava o padre
Espiando pelos vãos
Eta padre mais bonito...
Sonhava casar, ter filhos
Ser freira eu não queria
Passava o ano inteirinho
Interna... quanta saudade
Dos meus pais e meus irmãos
Fui pra casa fim de ano
Fiquei... não mais voltei
Não me arrependo de nada
Saudade não tenho não
Mas de tudo o que lá vivi
Restou muita gratidão...

Morando em Votuporanga

Morava em Urupês
Cidade que sempre amei
Acolhedora, embora pequena
Que portanto, sendo assim
Não havia naquela época
Nenhuma perspectiva
De arrumar algum trabalho
Foi por isso que meu tio
Tão saudoso Antonio Dalto
Morando em Votuporanga
Com anuência da tia Inês,
Foi buscar-me certo dia
Já com emprego arrumado
Pra que eu, com meu salário
Pudesse ajudar no sustento
Da minha numerosa família
Com irmãos todos pequenos
E então, bem à tardinha
Apareceu lá o meu tio
Generoso como sempre
Pra me levar, não me esqueço...
Chorei ao deixar meus pais
Amigos, irmãos tão novos
Ah...meu Deus... quanta saudade
Sentia dos irmãozinhos...
E ao chegar, sempre me lembro
Tive tão grata acolhida
Me senti depressa aceita
Por todos.... uns tão novinhos...
Idade dos meus irmãos
E ficou, qual fosse hoje,
A lembrança tão feliz

Da minha tia querida
Que embora não muito efusiva
Já que era esse o seu jeito
Me chamando pra jantar
Uma sopa bem gostosa
E curau de sobremesa
Tia... quantas lembranças...
Quanto você trabalhava...
E mesmo assim me acolheu
Agregou-me na família
Me amou, me respeitou
Como fosse sua filha...
Que pena... já não se lembra
De tanta coisa vivida...
Ríamos muito, nós duas
Tio Antonio achava graça
Gostava de nos ver rindo
Me chamava na varanda
E a gente até cantava...
Caprichosa, a tia Inês...
Fazia flores tão belas...
Quantas noivas enfeitou
Com seus buquês e grinaldas
Tinha bom gosto, a danada....
Fez-me tão lindos vestidos
Costurava muito bem
Nunca roupas tão bonitas
Muito, muito bem talhadas
Com decotes que eu amava
Me vestiram em elegância...
Tia....muito obrigada...
Um oásis foi pra mim...
E vocês, primas queridas...
Lourdes, Vani e Cida
Se lembram dos nossos bailes?
Cinema sempre aos domingos
Cida se empolgando

Batia palmas pro mocinho
Nos filmes de bang-bang
Era muito extrovertida
Poxa, Cida... que saudade....
Vani, amiga tão boa
Cúmplice em quase tudo
Chorávamos juntas às vezes
Juntando o bom e o ruim
Mas tudo virava festa
Ríamos tanto nós três
Nem sabíamos do quê...
Tempos bons foram aqueles
Pra nunca mais me esquecer...
Lourdes, pouco mais velha
Comandava... nos cuidava
Era rígida, pudera...
Três pirralhas... tanta vida...
Hormônios tão aflorados
Demos trabalho, não querida?
Tinha o Zé... também o Virso
Ficavam sempre de olho
De longe, mas antenados
Tínhamos medo dos dois
Quando os víamos por perto
Fingíamos ser umas santas
Ah... eles eram tão incertos...
Apareciam do nada
E o Virso, principalmente
Fechava bem sua cara
Nem precisava falar
Que o recado estava dado
É que a gente extrapolava
Ríamos de coisas tão bobas
E até de coisas sérias
Ah... Quanta lembrança boa...
Sérgio, lindo, muito bom
Um menino um tanto sério

Mas aos poucos eu fui vendo
Que o usava de parâmetro
Para o Flávio, tão levado...
Ah Flávio...um sapeca tão querido
Como não rir de você
Se era tão engraçado?
E o que dizer do Luiz
Dim, tão grata lembrança
Um garotinho tão meigo
Olhos grandes, riso fácil
Chorava abraçada a ele
E pra mitigar a saudade
Dos meus irmãos tão distantes
Fiz dele o meu consolo
Na falta dos que ficaram...
Silvinha...ah... a Silvinha
Era o xodó da família
Linda.... tão perfeitinha
Mas meio arisca comigo
Por isso sobrou pra você
Luiz Antonio, Dim, Toninho...
É... dariam vários livros
Dos tempos desse convívio
Pois vocês, grande família
Tio Antonio, tia Inês
E meus tão amados primos
Nem imaginam a importância
Que tiveram em minha vida
Sou e serei sempre grata
Obrigada a vocês todos
Beijo e os abraço, queridos...

Uma Rosa Com Amor...

A mim foi dada uma rosa
Presente raro... relíquia...
Feita em tecido, mesclada
Misturada em dégradé
Com pétalas em lilás
Tão leve e delicada
Predomina o rosa bebê
Que linda!... fiquei sem fala
Sim... de emoção eu chorei
Ninguém viu... sequei a lagrima
Que teimava denunciar
Uma emoção tão antiga
Furtiva, molhou-me o rosto
O ato embargou-me a fala
O meu choro foi sutil
Mas a emoção... ah... tão rara
Sim ganhei uma flor
Tão antiga... há tanto confeccionada
Por mãos hábeis... delicadas
Tanto quanto a flor em si
Mãos que tanto produziram
Só o belo trabalharam
Na faina da vida dura
Na rudeza do arcaico...
Que forjando na labuta
Transformavam em beleza
A matéria-prima bruta...
Falo de você, tia Inês
E da rosa que me deu
Tão antiga... e nem se percebe
Pois tinha tanto bom gosto
Que até hoje permanece

Demonstrado nessa flor
Tia... quanta história têm suas mãos...
Nas marcas de tantos anos
Na faina da vida antiga
Tudo tão rudimentar...
Mas você sempre inventava
Tinha o dom de transformar
Tia... você fez tanto...
A rosa é só um símbolo
Lembrança do seu viver
Obrigada, tia Inês
Beijo você mulher linda
E a vejo nessa flor
Pois nela estão contidas
As marcas da sua vida
Impregnando de amor
A flor que você me deu...

O Milagre

Nessa fase da minha vida
Já aos dezenove anos
Éramos nós dez irmãos
Que pra todos os efeitos
A mais velha era eu
Pois minha irmã Maria
De apenas dois anos mais
Foi bem cedo pro convento
E de lá não mais saiu
Nossa vida continuava
Muito custosa, estafante
Tudo era bem difícil
Minha mãe sempre doente
Meus irmãos ainda novos
Tinha nossa irmã caçula
Dois aninhos tão somente
Mas nada disso contava
Pois nosso grande problema
Naqueles tão duros tempos
Era minha mãe doente
Sem recursos pra tratar
Tinha febre muito alta
E o médico que a viu
Nos deu poucas esperanças
Pois fora então constatada
Grave infecção nos rins
Piorava a olhos vistos
E entregue em sua cama
Me dizia pra cuidar
Sempre bem das suas crianças
Lembro que fui à janela
Do quarto que dava pros fundos
Chorei e fiquei implorando

Pra que Deus nos acudisse
Que fizesse o seu milagre
E que algo acontecesse
Pra salvar a minha mãe
E com toda minha força
Fiz até várias promessas
Mas confesso, naquele tempo
Era pouca a minha crença
E então logo depois
O milagre aconteceu
Veio em forma de meu primo
Lauro, que a mando de Deus,
Chegou com a sua mãe
Tia Antônia tão querida
Que era irmã de nossa mãe
Vinham eles de São Paulo
Visitar alguns parentes
E sendo assim não sabiam
Dos problemas que urgiam
Mas o detalhe do milagre
É que o nosso primo Lauro
Era ele especialista
Na área de urologia
E então assim que chegou
Medicou a paciente
Deu meia volta e a levou
Pois disse ser bem urgente
Internou-a num grande hospital
Cuidou dela feito filho
E depois passados meses
Minha mãe pôde voltar
Chegou forte, bem disposta
Enfrentando seu batente
Que durante aqueles meses,
Eu, meu pai e alguns irmãos,
Mesmo ainda tão pequenos
Muito aos trancos e barrancos
Enfrentamos e vencemos...

O Caso Tragicômico dos Penicos

Estava eu compenetrada
Pensando, se bem me lembro,
Em como pagar a conta
Dos lanchinhos que eu comia
No bar dos saudosos queridos
Sebastião e Dona Cida
Vizinhos do meu trabalho
Pois quase todo o meu salário
Meu parco salário mínimo
Era sempre entregue em casa
Pra mim ficava só o ínfimo
Foi então que despertei...
Era já de tardezinha
O comércio quase fechando
Mais silêncio que o costume
Fim de dia, canseira silenciosa
Na pacata cidadezinha
Rua central, quase só lojas
E então, qual se caíssem
Os sinos do carrilhão
Ouvi sinistro barulho
Parecia, a mim ficou
Ter saído das profundas
Acho até que eu senti
Que aquele som tão infame
Que ainda vive a retinir
Tinha muito a ver comigo
Mas eu não sabia em que...
Foi então que o sr. Antonio
De saudosa memória
Meu colega de trabalho
Chegou pertinho de mim

Sorrisinho bem maroto
E disse de sopetão
Dona Zélia, ouviu os barulhos?
Percebeu do que eles são?
E eu, já desconfiada
O sangue gelado em vão
Não tive coragem nem tempo
Pra perguntar sobre aquilo
Pois ele continuou...
-São penicos Dona Zélia
Que seu irmão derrubou
Deixou cair bem aqui
Em frente, nesta calçada
E rolaram sem parar
Eu até acudi um
Que voltou pro mesmo saco
Sabe... Saco de amarrar
Amarrado pelo meio
Que seu irmão bem mandado
Levava pra consertar
Tantos buracos que tinham
Não dava nem pra contar
É chato eu sei, dá vergonha
Penicos nos lembram coisas
Difíceis de encarar-...
Eu então bela mocinha
Preocupada em disfarçar
A pobreza em que vivia...
(e pra que escancarar?)
Perdi a voz, fiquei fula
Engoli seco a vergonha
Fiz cara de e daí?
Respirei fundo, ganhei a rua
Mas o pior de tudo aquilo
Foi pensar: será meu Deus
Que fulano soube disso?
Fulano era meu namorado

Namoro de pouco tempo
Nem bem havia engrenado
E aquele pavor todo
Nem um pouco era infundado
Pois trabalhava então ele
Bem em frente ao incidente
E acho, quando me lembro
Que foi por isso também
Que pouco tempo depois
E sem um sério argumento
O namoro foi pro além
Mas enfim cá estou eu
Não sem algumas sequelas
E posso dizer sem conflitos
Que me livrei dos penicos...

Meus Queridos Mestres

Dos meus tempos de escola
Quase não sinto saudade
Mas me lembro com carinho
De todos os professores
Fui aluna repetente
Mas não por incompetência
Dos meus bons educadores
Tenho só boas lembranças
Deles todos, foram vários
Na minha escola primária
Primeiro foi dona Sálua
Mulher jovem, bem bonita
Tão solícita vizinha
Conhecia minha história
Tinha por mim grande estima
E ao me ver chupando o dedo
Tantas vezes no recreio
Dava-me seu lanche inteiro
Depois no segundo ano
Veio dona Cleonice
E me lembro hoje ainda
Na sala entrou tão linda
Vestido branco de "laise"
Voz rouca, achei tão chique...
Procurava imitá-la
Se é que isso era possível...
Também nunca me esqueci
O cuidado que nos tinha
Era suave no trato
Tão bonita, tão branquinha
Mas morreu cedo de parto
Que tristeza, ah meu Deus

Partiu a professorinha...
Era ela então casada
Com o nosso diretor
Senhor Édie José Frei
Também ele um amor
Que sempre me incentivou
No gosto pela leitura
Ganhei dele vários livros
Todos com muitas figuras
Seu Édie deixou saudades
Amenizou com seus livros
Minha infância de vontades...
Depois chegou dona Lor
Que não por simples acaso
Rima seu nome com flor...
Morava em Novo Horizonte
Lecionava em Urupês
Minha terra tão amada
Imponente, dona Lor
Sempre muito bem vestida
Tinha tanta paciência...
Que saudade Lor querida...
Veio então seu Athair
De sobrenome Silva Rosa
Não era assim uma flor
Também não era de prosa
Muito enérgico, exigente
Mas bastante competente
E por fim, no quarto ano
O professor Rui Rosário
Que além de ser bom mestre
Era muito engraçado
Gostava de ensinar cantigas
Todas elas animadas
As horas passavam depressa
Para a alegre criançada
Fico então aqui pensando

Tanto tempo se passou
Mas eu nunca os esqueci
E nunca vou me esquecer
Pois continuam em mim
Ainda povoam meus sonhos
São esteios do aprender
Alicerces do saber
Que levarei vida afora
Enquanto viva estiver
Obrigada, amados mestres
Pois estejam onde estiverem
Comigo estarão vocês...
Que Deus os guarde!

Mazzaropi

Quem do meu tempo não viu
Assistiu, riu, gargalhou
Com filmes do Mazzaropi
Comediante... grande ator...
Passavam sempre seus filmes
Na cidade pequenina
Urupês, onde eu vivi
Anos da minha vida
Tínhamos nosso cinema
Eu ia quando podia...
Mas os filmes do Mazzaropi
Ah... esses eu não perdia
Mazzaropi... quanto rir
Do seu jeitão escrachado
Seu sotaque tão caipira
Seu andar esculachado
Mazzaropi... pés no chão
Show de sabedoria
Produtor dos próprios filmes
Tinha a voz afinada
Quem é que não se lembra
Da casinha pequenina
Onde o nosso amor nasceu
Tinha um coqueiro do lado
Que coitado... de saudade já morreu...
Canção triste... eu chorava...
Mas logo a tristeza ia embora
Pra dar lugar às risadas
Ah... Mazzaropi, meu lindo...
Quanto você me fez rir
Quanto dar gargalhadas
Do seu humor tão ingênuo

Suas tiradas de gênio
Trejeitos... no seu jeito desgrenhado
Mazzaropi... ainda o vejo
Nas lembranças... que saudade...
Vez em quando o assisto
Tenho filmes seus em casa...
Você hoje, aqui não vive
Mas eu sei... Encena os filmes
E conta suas piadas
Lá na outra dimensão
Pra fazer os anjos rirem...
Ou chorarem de emoção
Mazzaropi... grande homem
Reverencio e o abraço
Apertado ao coração...

Footing

Eram muito, muito bons
Os meus tempos de mocinha
Falo aqui das diversões
Poucas... mas tão curtidas...
Bailinhos... brincadeiras
Dançantes, plenas de vida
Aproveitava bem o tempo
Do pouco tempo que eu tinha
Pra me juntar com amigos
Que saudade, gente minha...
Éramos bem mocinhas
Eu e tantas meninas...
Sábado e Domingo à noite
Antes de ir para o clube
Primordial era o "footing"
Sim... era assim que se chamava
Mas todos diziam "fut"
Acho que quer dizer
Caminhando... será isso?
Mas vá lá, tento explicar
Caminhávamos em grupos
Por um longo passeio
No meio da única praça
Contornando o seu jardim...
Shoppings não existiam
Nem vitrines pra se olhar...
Então nós nos exibíamos
Ante olhares curiosos
Faceiros, libidinosos
Dos rapazes... parados,
Cercando as jovens damas
Nas laterais do passeio

Passávamos rindo... bobas...
Fazíamos caras e bocas
Arrumadas, perfumadas
Manequins tão desejadas...
Ah... me lembro, quanta pose
Pra mostrar os nossos dotes
Belezas jovens, saudáveis
Saudades desses namoros
Ingênuos... olho no olho
Um sorrisinho maroto
Piscadelas convidando
A donzela pra sair
Não as saídas de agora
Mas pra saírem da roda
E em pares passear
Conversar... propor namoro
Num banco do mesmo jardim
Mãos dadas... olhos nos olhos
Naquele tempo era assim...

O Mijo do Zezinho

Nos meus tempos de namoro
Tudo era bem reservado
E também tão vigiado
Mais ainda em minha casa
Ao todo 11 pessoas
Com aquela criançada
Namorar era infernal
Nenhuma privacidade
Minha mãe muito pudica
Sempre nos vigiando
Por isso não enxergava
Certos acontecimentos
Bem aí à sua volta
Que me matavam de vergonha
E hoje ao relembrar
Vejo era pura bobagem
Sei que sofri a toa
Ainda mais sendo o Zeca
Meu namorado na época
E para os que não sabem
Até hoje sobrevivente marido
Que embora de outra estirpe
E muito mais refinado
Era de procedência simples...
Chegava aos fins de semana
E eu, já preocupada
Reclamava com meus pais
Dos foras da criançada
Mas eles nem davam bola...
E de tudo o que ocorria
O que mais me dava raiva
Era que em nossa casa

Sem nenhuma infra estrutura
Era necessário à noite
O uso dos tais penicos
E o meu irmão Zezinho
Molecão dos bem safados
Sabendo dos meus escrúpulos
Em nada colaborava
Ao contrário, ao urinar
Mijava um mijo bem forte
Arrastava a penicada
E sendo a casa sem forro
A tudo se escutava
Ai que vergonha eu passava...
Que vontade de matar
E então um belo dia
Tomei drástica atitude
Disse para os meus pais
O Zequinha vai chegar
E se eu escutar algum mijo
Quando estiver namorando
Podem apostar, nunca mais
Terão um tostão dos meus ganhos
Então meu pai se tocou
Que a coisa era mais séria
Chamou meu irmão e avisou:
-Iscuita aqui ó zizinho
Vô ti avisá só uma veiz
Quando tivé aqui o Ziquinha
Ponha embaixo do pinico
Um pano pra abafá o baruio
Na hora de uriná
E urina com cuidado
Que si eu iscuitá seu mijo
Num sei do que sô capaiz-
Fiquei então mais tranquila
Mas por via das dúvidas
Preparei os tais penicos

Forrando o chão bem forrado
E então chegou a noite
A molecada dormindo
Casa silenciosa
Eu e o Zeca namorando
E não é que pasma ouvi
Penicos sendo arrastados
E um mijo impiedoso
Parecendo forte esguicho?
Levantei-me bem depressa
Pra ver o que acontecia
Mas meu pai se adiantava
E metendo o pé na porta
Escancarou, viu o peste
Em cima de uma cadeira
Penico fora do forro
Pra fazer maior barulho
E o Zé já contendo o mijo
Com meu pai gritando alto:
-Zizinho figliolo de um cane
Você pensou que eu dormia-
E então no final das contas
Tudo saiu bem pior
E ainda com o agravante
De o Zeca ter que acalmar
A braveza do meu pai...
Zezinho nem se abalou
Calejado era o menino
Continuou me provocando
Mas depois do episódio
Mijava bem mais contido...

O Meu Abacateiro

Fiquei interna uns tempos
Num colégio em Campinas
E eram muitas meninas
Mas ainda me recordo
Do rosto de algumas delas...
Curtíamos nossas saudades
Nossos planos pequeninos...
Falávamos da família
Da saudade, da vontade
De rever os que ficaram
Pois íamos pras nossas casas
Somente uma vez ao ano
Dezembro... ah, maravilha...
Rever as nossas famílias
Mas em julho, todas nós
Pegávamos nossas coisas
E íamos passar as férias
Na chácara do colégio...
Era lindo esse lugar
Tão cuidado... tão limpinho
Pouco me lembro de lá
Mas havia, não me esqueço
Em meio às outras árvores
Um imenso pé de abacates
Fiz dele meu grande amigo
Guardador dos meus segredos
Sentava encostada ao tronco
Chorava minhas saudades
Vontade de ir pra casa
Me soltar... sair correndo
Tão livre qual meu espírito
Rever pais, irmãos, amigos...

Contava minhas mazelas
Saia um choro doído
E ele me escutava...
Dava alento, dava abrigo...
Se tornou meu confessor
Guardador dos meus segredos
Inocentes, tão ingênuos segredinhos...
Mas que pra mim eram eles
Segredos tão importantes...
Ficaram impregnados, contidos
Naquela frondosa árvore
Lindo pé de abacates
Abacateiro...tão querido...
Saudades de você, amigo...

Lindas Mulheres

Mulheres que nos inspiram
Mulheres nobres, senhoras
Lindas por dentro e por fora
Feitas do mais puro amor
Íntegras, inteligentes
Abrangentes, desbravantes
Pensantes de livre pensar
Generosas em seus atos
Mulheres de sonhos fartos
Mulheres de carne e osso
Mas também de ferro e aço
Mulheres apaixonantes
Apaixonadas no que fazem
Produtivas, sempre prontas
A mitigar qualquer dor
Mulheres que já se foram
Mas continuam tão vivas
Nos exemplos que deixaram
Mulheres que destravaram
Qualquer porta, qualquer tranca
Mulheres desbravadoras
Vencendo quaisquer barreiras
Pioneiras, incansáveis, verdadeiras
Mulheres que nos ensinam
A sermos menos mesquinhos
Lindas todas...Ah, quem dera...
Ter em mim tanta grandeza
Desprendimento e coragem
Mulheres que viverão
Eternas em todos nós
Na saudade, nos seus feitos
Perpetuadas, louvadas

Tão lembradas, necessárias
Zilda Arns, irmã Dulce
Tereza de Calcutá
E tantas outras mais
Fazem aqui tanta falta...
Mas voaram com suas asas
Alçaram voos maiores
Foram morar com Deus
E creio eu, incansáveis
Continuam trabalhando
Prontas a nos ajudar
Aceitem então nobres damas
Nosso amor, nossa saudade
Flores, luzes, orações
Nos altares que erigimos
Sobretudo tenham sempre
Nossa eterna gratidão.

Homenagem a Cora Coralina

Permita-me, grande amiga
Tratá-la assim tão íntima
Mas foi isso que me ficou
Quando eu a conheci
Na "casa velha da ponte"
E imagino que tantos quantos
A tenham também conhecido
Sentiram no seu abraço
Na acolhida, nos seus gestos
O mesmo querer que senti...
Também me sinto à vontade
Pra dizer-me assim tão próxima
Pois li e reli os seus livros
E lendo-os me dei conta
Do quanto temos em comum
Nas histórias da nossa infância
Na maneira de pensar
No fazer comidas e doces
E em tantas coisas mais...
Saiba então, Cora querida
Que o que sinto por você
É carinho, admiração
É louvor e gratidão
E que você, Coralina
Aninha menina linda
Ana Cora Coralina
É a minha inspiração
Minha grata personagem
Preferida dentre tantos
Ana, Aninha, menina
Criança tão relegada
Inzoneira, curiosa

Pandorga de pernas moles
Aninha... Anjo criança
Cora, coragem, firme, forte
Destemida, determinada, guerreira
Mãe, avó, mulher tão sábia
Socorrista incansável
Poetisa dos becos de Goiás
Da casa velha da ponte
E tantas histórias mais...
Homenageada sem pretensão
Por Carlos Drummond de Andrade...
Ana dos versos rimados
Das prosas versificadas
Dos poemas da vida simples
Verdadeiras obras primas
Coralina Cora linda
De tantos tabus derrubados
Cora dos encantados, decaídos
Descabidos, mal amados
Dos encantos, desencantos
Doce Aninha encantada
Menina da infância roubada...
Cora de nós mulheres
Das tantas que há em nós
Pudicas, despudoradas
Aviltadas, relegadas
Amadas... Nem tanto assim...
Desejadas, indesejáveis
Inteligentes e sábias
Ou desprovidas de tudo
Cora de um outro mundo...
Nasceu cedo demais
Corinha que nos deixou
Aos noventa e cinco anos
Que pena, partiu tão cedo...
Coralina, amiga minha
Também amiga de todos

Cora de portas abertas
A todos que a procurassem
Que entrassem sem bater
Poetisa do "ode às muletas"
Que as usava agradecida
Quando tantos as odeiam
Cora amiga da natureza
Aninha do Rio Vermelho
Do milho, cultivo, enxada
Das boiadas, trens de gado
Da lavadeira, parideira
Também da mulher da vida
Quem seus escritos não leu
Não sabe o que já perdeu
Aninha, anciã menina
Tinha porte de criança
E sabedoria gigante
Publicou seu primeiro livro
Já aos setenta e seis anos
Sempre é tempo,
Ela me disse...
Cora fazedeira de doces
Dos frutos lá de Goiás
Vendidos, oferecidos
Ajudando no sustento
Penso eu que ainda os faz...
Doce Ana, poetisa
Incansável, sonhadora
Tem em si tantos troféus
Criou asas, voa longe...
Faz seus versos lá no céu
Cora inspirada, inspirante
Te louvo por tudo aquilo
Que inspiras, que ensinas
A todos os que , feito eu
Tiveram a grata alegria
De conhecê-la um dia
Mestra Cora Coralina...

Minha Amiga Durvalina

Querida...
Quão injusta eu seria
Não mencionasse aqui
Ao menos um pouquinho
Daquilo que toda a vida
Estou para lhe dizer
Pois vivemos tantos anos
Tão pertinho uma da outra
E você, melhor que ninguém
Conhece a minha saga
Pensa que me esqueci?
Não... Jamais me esqueceria...
Sou tão grata, minha amiga...
Também à sua família
Quanto devo... sim, querida...
Vou dever até morrer...
Quanto fez você por mim
Foi bastante mãe também
Pois nunca mediu esforços
Mesmo nas adversidades
Me deu colo, deu-me tanto
Sempre mais do que podia
Me fez membro da família
Quando ainda tão criança
E na tenra juventude
Do seu colo precisei...
Generosa é você...
Generosos são seus filhos
Seu Antônio, tão saudoso
Homem bom, sinto saudade
Foi tão pródigo comigo
E você, nobre mulher...

Matriarca, grande dama
Carrega em si tanto amor...
Quanta história você fez...
Deve ter lindas lembranças
Pois sempre fez muito bem
A todos que a cercaram
E ainda vive firme, saudável
Pra nossa grande alegria
É tão bom vê-la feliz
Mulher... você nos encanta
Sim querida... Você é santa...

Minha Eterna Criança

Mora dentro de mim
Uma criança inocente
Carente, amada, sedenta
De amor e complacência
Mora dentro de mim
A criança ainda pequena
Chorona, cheia de graça
Vive em mim a risadeira
Fofoqueira, escrachada
Traquina, comportada
Mal ou muito bem amada
Com seus medos, seus anseios
Menininha de outros tempos
Sem tempo pra ser feliz...
Mora em mim a criança doce
Amargurada, sentida
Mas também feliz da vida
Em mim moram tantas coisas
Mora a paz acolhedora
Na criança que me habita
Corajosa, tão formosa
Feia, frágil, invejosa
Invejada, saliente
Despudorada, inocente
Mentirosa, recatada
Verdadeira, toda prosa...
Mora em mim de olhar brejeiro
A criança curiosa
Buscadeira, tateando
Procurando sempre mais
Mora em mim silenciosa
A criança tão calada

Dos calos, nos nós atados
Menininha terna, eterna
Que se entrega por um doce
Como se ganhar fosse
O presente mais valioso...
Mora em mim qualquer criança
Nas lembranças que me trazem
No sorriso, na esperança
No brincar, amar, crescer
Mora em mim qualquer infância
Que quiser aparecer
Aqui na casa que é nossa
A casa dos meus encantos
Sonhos, amores, lembranças
Frustrações e grandes feitos
Nas heranças que carrega
A menina que cresceu
Mas continua criança
Deus me livre de perder
Em mim, quem eu tanto prezo
E que amo desde longe...
Tão terna, feliz, enfim
Criança eterna de mim...

Gosto de Abraçar

Gosto muito de abraçar
Beijar, tocar, sentir
O outro, qualquer que seja
Homem, mulher, velho ou moço
Crianças, então... quem dera
Tê-las sempre ao meu alcance
Pra dar e ganhar delas
Beijos e abraços doces...
Não me importa o que pensem
Sou assim, de gostar fácil
Não consigo só chegar
E não dar o meu abraço...
Olho o outro e nele vejo
O bem que ele pode ter
E ao lhe dar o meu abraço
Dou o meu amor também
Recebendo dele em troca
Seu amor, se lhe convém...
Sou assim... tenho vontade
De abraçar qualquer pessoa...
Seja ela doce, amarga
Desejada, indesejável
Abraço sem distinção
Quem quiser o meu abraço
O terá de coração
Sou de abraçar nas chegadas
Nas saídas, idas, vindas...
Sorrio, enlaço, beijo...
Recebo a todos assim...
Faço com qualquer pessoa
O que gostaria que elas
Fizessem também a mim...

Dona Rosa
(*Saudades de você minha linda...*)

Dona Rosa de Goiás
Era senhora tão boa
Entrada nos seus oitenta
Na batalha desde os sete
Me contou muitas histórias
Doceira de mão cheia
Os fazia pra vender
Me ensinou na sua prática
A fazer doces em calda
Não tinha o que não fazia
Compotas de qualquer fruta
Fazia doce de leite
Mole, duro, puxa-puxa
Tacho enorme, fogo baixo
Num fogão improvisado
Bem no meio do quintal
Mexia com cerimônia
Não fosse quebrar o doce
Colher enorme de pau
Nunca vi tacho tão grande
Nem tanta fruta assim
Colhia mamão bem verde
Ou até mamão de vez
Pêssegos das fazendas
Todo mundo dava a ela
Cidra, abóbora, laranja
Manga, limão, carambola
Fazendeiros davam o leite
Dona Rosa se esbaldava
Toda vez que alguém chegava
Com coisas pra dar a ela
Erguia as mãos em prece

Agradecida chorava...
Eu vi, quase sempre ia lá
Preparei frutas com ela
Mexi o tacho com a pá
Avivei o fogo baixo
Aprendi tanta lição
Mulher sábia, simples, boa
Nunca vi reclamação
Benzedeira, tinha à mão
Bem rente à porta dos fundos
Plantas que sempre usava
Arruda, cheirava a casa
Tirava qualquer quebranto
Quanta gente eu vi lá
Procurando sua bênção
Experimentavam seus doces
Comiam suas quitandas
É assim que dizem lá
Pão de queijo, biscoitinhos
E broinhas de fubá
Que saudade, meu Goiás...
Terra boa, boa gente
Quando posso volto lá
Dona Rosa foi embora
Foi morar com outros anjos
Virou, na hierarquia
Arcanjo, fazendo doces
Distribuindo, adoçando
A sua grata morada...
Bendita Rosa é você...
Linda rosa perfumada
Eterna em tantas lembranças
Rosa flor, Rosa encantada...

Pobre Menina

Toma banho na bacia
Água fria... chora até...
Coitadinha, dona mãe...
Tempo frio... ai Deus do céu
Arrepia, doem os ossos
Toda noite a tosse vem
É sempre a mesma reza
Vá dormir e fique quieta
Sem chorar entre as cobertas
Que acorda os seus irmãos
Não posso ver a menina
Chorando, parece um anjo
Arcanjo de olhos grandes...
Tão triste, ela me disse
Me leva embora daqui
Se eu me for, aqui não volto
Me revolta tanta coisa
Ver criança triste assim...
Choro junto, pouco posso
Mas me importo... isso sim...
Com a sorte da menina
Pequenina e tão franzina
Peço então ela pra mim
Levo uma resposta torta
Isso pouco ou nada importa...
Digo tudo o que guardei
Ponho fora minha raiva
Vou pra casa, tenho os meus
Pra cuidar... aumento o zelo
 No desejo de amainar
Minha dor, desassossego
Desmazelo da outra mãe

Choro em cima do meu filho
Banho quente com carinho
Falo baixo só pra mim
Cuida mãe dos seus filhinhos
Cuida mãe...
Não faz assim...

Um Animalzinho Pra Brincar

Não, não era brinquedo
Mas feito de carne e osso
Tão pequenino o bichinho
Pobre coitado... indefeso, tinha medo
Corria...manquitola, se escondia
Só encontrava sossego algumas horas
E assim mesmo, creio eu
Curtindo as suas dores
Enquanto os seus amiguinhos
Permaneciam na escola...
E, perguntado à mãe
Porque mancava o bichinho,
Tranquila, me respondeu:
Teve a perninha quebrada
É coisa desses meninos...
Fazem dele o que querem
Ah...eu deixo...dão sossego...
Não tenho tempo...nem vejo...
E o bichinho, indefeso
Ia de mão em mão
Quatro crianças, coitado...
O puxavam pelo rabo
Levava chute, pisão
Gritava, o pobrezinho
Perguntei...não têm dó?
Responderam...não temos não...
E a mãe, jovem ainda
Tida por gente fina
Quis continuar conversa
Não consegui, senti nojo
Daquela mulher perversa
Levantei-me...fui embora....

Mas não sem antes dizer
Coitado desse cãozinho....
Ele sente a mesma dor
Que sentiriam vocês...
Por favor, não façam isso...
E um deles me respondeu...
Ah... eu nem ligo....

Velha Senhora

Lá vai a velha senhora
Trôpega em passos lentos
Carregando tão pesado
Seu passado... seus talentos...
Anda lerda, tropeçando
Cumprimenta todo mundo
Desenganos na canseira
Vai feliz, curtida em anos
Lá vai ela sempre amiga
Atenciosa, toda ouvidos
Solícita, generosa
Tem tanto pra ensinar...
Lá vai a velha bondosa
Sábia, silenciosa
Cônscia do seu poder
Carrega aura de anjo
E fartura de saber
Deixa amor por onde passa
Um abraço... um afago
Um conselho se é preciso
Deixa um rastro de grandeza
Nos sorrisos, nos trejeitos
Tem a face tão marcada
Tem as mãos encarquilhadas
Leva um lenço nos cabelos
Rareados, tão branquinhos
Parecendo fios de prata...
Lá vai a nobre senhora
Para... se agacha lenta
Acode um gatinho feio
Desnutrido, magricela
E o bichano vai com ela

Anda mais... um cão vadio
Faminto, cheio de sarna
Tem ração numa sacola
Chama o cão, ele acompanha...
Oferece lá na frente
O gatinho... quer procê?
Não posso levar mais esse
Tenho pouco a oferecer...
Tem uma casa... ou melhor
Um barraco escangalhado
E no seu fogão a lenha
Um feijãozinho mirrado
Mas lá fora, no terreiro
Embaixo de uma mangueira
Vasilhas com água e ração
É pra eles... disse então
Tantos bichinhos tenho
Dou a eles o que posso
Leva um? Te dou aquele
Precisa cuidado urgente
Tão lindinho... leva ele...
(e como não levar?)

Criancinhas Mortas

Passou por nós carregado
Por quatro outros anjinhos
Desnutridos, esfaimados
Tais quais o pequenino
Caixãozinho improvisado
Sem flores e destampado
Tem um porquê... Não me lembro...
Caixão aberto, tão estranho...
Qual o que... Quero apagar
Mas a lembrança me fica
Da criança carregada
Descoberta, enrijecida...
Triste aquela vida
Apagada... fenecida
Que tristeza sinto ainda
Tantos anos são passados
Quero deixar de lado
Mas à tona sempre vem
Tão forte... marcou-me tanto...
Foi pras bandas do nordeste
Na seca braba do agreste
Crianças mortas de fome
Mortinhas de inanição
Serzinho nascido à toa
Mães parindo em vão
Me disseram... só mais um
Fique atenta, lá vem mais
Outro anjinho consumido
Nascido desmilinguido
Passou... fiquei pra trás
Chorando, me consolei
Afagando os meus filhos

Tão felizes bem nutridos
Ah meu Deus...
Tão difícil compreender...

Moça Virgem

Há tempos, bem lá atrás
Virgindade era moda
Exigida, obrigada
Cantada em verso e prosa
Por isso toda donzela
Era sempre vigiada
Casar virgem, sim, senhores....
Era coisa obrigatória
Pra mulher...o homem não
Homem virgem, se soubessem
Recebia olhares tortos
Escárnio...donzelo frouxo
Mas a mulher... Deus o livre
Seu valor estava nisso
Ah, se não fosse virgem....
Tinha falta de juizo
Descaramento, indecência
Pura sem-vergonhice
E se arrumasse filho...
Despencava então a casa
Era expulsa, execrada
Vergonha da sociedade
Julgada sem piedade
Sua fama não prestava
Me lembro de uma mocinha
Na cidade pequenina
Onde isso era pior
Engravidou, tão menina...
Comprovou-se desde cedo
Que era fruto de um estupro
Qual o que...não houve meios
Expulsaram-na de casa

Sem nenhuma compaixão
Pobrezinha...ah, que pena...
Nem me lembro no que deu
Saiu chorando sem rumo
Outro vizinho acolheu
Seus pais nunca perdoaram
O gesto do bom vizinho
Preferiam ver a pobre
Junto com a criança
Perdidas nos seus caminhos...

Minha Amiga Ilda

Querida... você me ensinou...
Tantas lições aprendi...
Pois, sendo tão generosa
Sábia... culta... bondosa
Mostrou-me o bem maior...
Olhar além, ver melhor
Conhecer novos caminhos
Porque, melhor que ninguém
Você, com os seus exemplos
Nos passa sábias lições
Dando amor, compreensão
Usando de poucas falas
Pois no uso da razão
Tem aquilo que precisa...
Por isso não fala em vão...
Ensina com voz tão mansa
Penetra fundo a alma
Traz em si o amor que acalma
Passando pra quem quiser
Lições de serenidade, sabedoria e paz
E assim, você querida
Me ensinou melhor a vida
Hoje sou mais radiante
Amo mais... sou mais brilhante
Reconheço a minha luz
Dantes negligenciada...
Portanto, muito obrigada
A você querida Ilda
Terapeuta e sábia amiga...

Dona Ana
(esta nobre dama, eu conheci em Goiás... saudades...)

Tinha dentro de casa
Na parede, alguns escritos
Um quadro velho, apagado
Da Senhora dos Aflitos
Tinha um anjo tão bonito
Enfeitando a mesa tosca
Algumas cadeiras, uma colcha
Bem antiga, já esgarçada
Cobrindo na cama bamba
Um colchãozinho de palha
Na cozinha, fogo à lenha
Em cima, chapa trincada
Tinha uma sopa fervendo
Me ofereceu, aceitei...
Sábia... a conhecia tão bem...
Se não aceitasse, sofria
Dividir era um prazer
Levava comigo um pão
Alguns doces... arroz, feijão...
Ah... meu Deus... quanta alegria
Presenciei naquele dia...
Aprendi tanta lição...
Sabedoria dos anjos
Beleza de coração
Dona Ana, assim chamava
Pequenina... grande dama
Rugas profundas no rosto
Mancava... sentia dores...
Me disse entregar a Deus
Qualquer coisa que aturdia
Vivia bem os seus dias
Sozinha? Não era não...

Conversava com as plantas
Com um gato que a seguia
Recebia suas visitas
Dividia quando tinha...
Saí de lá renovada
Tão feliz e encantada
Mulher... você me fez ver
Com sua sabedoria
Quão doce é minha vida

O Filho Que Me Deixou

Porque... sempre me pergunto
Você, pequenino ser
Foi embora assim tão cedo
Sem licença me deixou
Escoou, deixou meu ventre
Por quê?... Preciso saber
O que foi que te faltou...
Quão dura a vida te seria
Pra deixá-la tão somente
Tanta vida eu te daria
Por quê? conta-me teu segredo...
Filho, naquele momento
Te dar mais não poderia
Fui mesquinha, foi por isso...
Sentiu-se pouco bem vindo
Filho... por que fez isso?
Deixou-me como se fosse
Pra dizer-me com teu ato
Mãe... me vou, aqui não fico...
Não quero tuas migalhas
Do amor que tens consigo
Do amor que tenho direito
Quero-o todo...por inteiro...
Mãe... já vou... preciso ir
Teu ventre não mais me serve
Sabe mãe, te digo mais
Você tentou, você gerou-me
Mas não basta... quero amor
Sentir que você me quer
Tanto quanto quis aos outros
Mãe, não precisa ficar triste
Se não estás preparada

Pra receber-me com palmas...
Mãe... eu vou... não tenho mágoas
Meu espírito te compreende
Vi teus choros, tuas tristezas
Vi tudo, mãe, senti na alma
Mãe, me sinto indefeso
Vou... até, mãe...
Quem sabe um dia
Eu possa a ti retornar
Mãe... quero a tua alegria
Não quero a tua tristeza
Quero palmas ao chegar...

Cris... Cadê Você?

Foi numa noite bem fria
Escura... ficou-me assim
Na pior noite... eu diria
Que momentos de agonia
Eu, mãe, então senti...
Isso já faz tanto tempo...
Cristina filha mais velha
Tinha naquela época
Apenas seus dois aninhos
Loirinha... olhos azuis
Meu Deus... que criança linda!
Fomos ao supermercado
Em São Paulo... Zeca e eu
Dois cuidando da pequena
Mas de repente...Oh Deus
Desaparece a menina
Como que por encanto...
E a gente que cuidou tanto
Não cria... entrou em choque
E olha daqui, dali
Outros nos ajudando...
Mas meu desespero maior
Se deu quando olhei do lado
Já que estávamos nos fundos
Vi um beco muito escuro
Sujo, cheio de entulhos
Que dava pra uma rua
Também essa muito escura
Senti bambear-me as pernas
Ao pensar... foi por aqui...
Levaram minha pequena...
Perdi a fala... desmaiei

Mas pouco tempo depois
Um funcionário a encontrou
Numa banca de brinquedos
Ah... Menina sem sossego...
Devia estar pensando
Logo que lá entrou
Quando se distraírem
Escapo... é lá que eu vou
Disse-me então o moço
Que ao sumirem as crianças
Era lá o primeiro lugar
Que eles procuravam
E era lá, quase sempre
Que elas se encontravam...
Tive sorte... penso, e me arrepia
Ao lembrar daquele beco...
Peço sempre... Santo Deus
Anjos... Virgem Maria
Cuidem... Protejam sempre
Todas as criancinhas...
Será que precisa pedir?

Menina Linda

Por acaso a encontrei
Quanta honra isso me deu
Quanto ela me ensinou
Pergunto... existe acaso?
Acredito nos caminhos
Que ao trilharmos, conduzimos
Os nossos passos incertos
Chegando se assim quisermos
Mesmo que inconscientes
Com certeza ao lugar certo
Procurava eu por alguém
Não encontrei... perguntei
Pra moça que vi ao passar
Você pode me atender?
Assentindo, sorriu-me largo
Parecia me conhecer de longe
Pode ser... diriam alguns
Eu porém, nem questiono
Acredito... há muito que a conheço
E durante o curto tempo
Em que lá permaneci
Contou-me sua vida inteira
Ah menina... quanta riqueza
Eu vi dentro de você...
Quanta paz está contida
Nessa alma que a habita
Mesmo com tantas histórias
Algumas tão dolorosas
Que a vida escreveu
E a fez protagonista...
Mas sabe, menina linda
O que mais me incomodou

Das várias histórias tristes
Que pra mim você contou?
Foi sem sombra de dúvida
Seu estupro aos cinco anos...
Um parente a molestou...
Chorei junto com você
Choramos a sua dor
Tudo sem dizer nada...
Sei aquilo que pensava
Choramos nossa impotência...
Diante de tantas crianças
Que foram, são
E ainda serão molestadas...

Querida Mijona
(Essa pessoa mijona é muito querida e muito engraçada)

Mulher... não se ria tanto
Pois acaba se mijando
Rir é bom, faz leve a alma
Acalma... mas rir demais...
Sabe que não aguenta
Não se sustenta... ai, ai
Toda vez, você se mija
Forma poça onde está
Que coisa é essa, querida...
Não sabe rir sem mijar?
Eu também acabo rindo
Rindo até não poder mais
Mas comigo é diferente
Não acontece eu mijar
Já pensou se todo mundo
Que risse feito você
Se mijasse desse jeito
Sem poder se segurar?
Ah... que cheiro de urina
Que o mundo ia ficar...
Se lembra, de um certo dia
Que mijou dentro da igreja
Rindo tanto de uma noiva
Que entrou feito uma deusa,
Mas perdeu o belo salto
No corredor... ah, que chato!
E você, mulher sem freio...
Sabe qual é seu defeito
Sabe, mas não faz nada
Pra segurar a risada
Você é tão escrachada...
Velório... missa cantada

Tudo enfim vira piada
Vai por aí gargalhando, se mijando
Moça... se o seu riso é incerto
Sai de perto... vá pra longe
Quando alguém comete gafe
Não se exponha, sua tonta...
E nem me convide pra ir
Com você onde há perigo
De mijar de tanto rir...

Lá Vem a Doida
(Essa senhora é minha conhecida de muito antigamente....
minha doidinha preferida....)

Ri à toa
Ri de si
Rima versos
Vive num outro universo
Gesticula sem parar
Usa seis ou sete saias
Pois não tem onde guardar
Conversa com Deus e o mundo
Não dá trela a vagabundo
Nem é de pedir ajuda
Quem quiser pode ajudar
Mas que seja só emprestado
Troca com versos rimados
Conta histórias descabidas
E jura pelo sagrado
Que nem de leve é mentira
Garante que é neta de conde
Que veio não sabe de onde
E se a enxergam como pobre
Pouco importa...
Pois vem de família nobre
Arrasta as sandálias sem pressa
Quem disse que não faz nada?
Corre atrás da criançada
Varinha sempre na mão
Mija no meio da rua
Toma banho quando chove
Se caçoam pica a mula
Que não é de briga, não
Vive no mundo da lua
É livre, mora na rua
Não se mete em confusão

Reza horas na igreja
Sem pressa de ir embora
Ir pra onde, se é andeja...
Molha o dedo na água benta
Beija sempre a mão do padre
Não confessa seus pecados
Nem pede absolvição
Pois, perdoar os pecados
Só mesmo Deus tem o dom.....
Vive a vida sem peleja...
Diz que não tem tristeza
Já que a vida é muito boa
É de todos...é do povo
É do mundo....de ninguém.....
Fuma cigarros de palha
Amealha alguns vinténs
E não pensem que é pobre
Doida então? Não é também
Doido é você, sou eu
É quem vive em corre-corre
Pra juntar ouro de tolo
E não é neto de nobre...

A Beata

Levanta depressa
Chacoalha as cobertas
Põe roupa composta
É o sino que toca
Certeiro no toque
Convoca pra missa
Vá embora preguiça
Café bem coado
Marido safado
Não tem mesa posta
Que coma das sobras...
Resmunga, até funga
Põe tranca na porta
Comadre Marocas
Espera passar...
Bom dia, comadre
A "bença" seu padre
Tá quase na hora
De ir pro altar
Coitado do padre
Nem bem se fartou
Da mesa bem posta
Que a nina botou
É toda cuidados
Com o consagrado
Família depois...
Cadê o coroinha
Não chegou ainda?
E aquela flor murcha
Que dona Marusca
Ficou de trocar...
Toalha amassada

Sotaina rasgada
Castiçal de prata
De vela apagada
Demais pra beata...
Patena sem brilho
Limpar o turíbulo
Sacristão chegou
O vinho sumiu
Quem foi que buliu?
Igreja tão cheia...
Se alegra a beata
Que a missa é cantada
Dá até arrepios
Canta no coro
Não faz desaforo
Com tão linda voz
Dá nó em dó de peito
As mãos sempre postas
Que faz mais proveito
Melhora o conceito
No rogai por nós
Comunga, resmunga
Na fila comprida
Não foi convidada
Pra furar a fila
Ajoelha contrita
Se sente bendita
A missa acabou
Tá aqui a sacolinha
A igreja cheinha
Sacola lotou
É mais uma missa
Beata cochicha:
Não é por falar
Comadre, cê viu
Quanta sirigaita
Querendo ser santa

Com tão pouca roupa
Rezando na missa
E aquela preguiça?
Não viu a Carlota
Fazendo fofocas
Fingindo que ouvia
Atenta o sermão?
E o João da farmácia
Que dá notas falsas
Mas tem a audácia
De ajudar o padre
A dar comunhão?
Não é por falar...
Como é que essa gente
Com tanto pecado
Se atreve ir à missa
Rezar pro Sagrado?
Não é por falar...
Não sou de fofocas
Cruz credo, é pecado
Não conto potoca
Só falo a verdade
Comadre Marocas...

Viagens

Vou por aí... me encanto
Com os campos, prados, montes
No horizonte sem fronteiras
Nos mares... tantos lugares
Festejo cada passagem
O bucólico me atrai...
Em tudo percebo o encanto
Nos cânticos dos rochedos
Arvoredos, mata adentro
Canções singelas... é o vento...
Cantando, enlevado leva
Semente espalhando vida
Nas encostas, ribanceiras
Germinando com o tempo
Sem tempo, que o tempo urge
É preciso semear
A beleza que encanta
O transeunte que passa
Na busca de se encantar
Na certeza de ver mais...
Além do que os olhos veem
E sentir no coração
O que não vê o olhar
Cheiros... fragrâncias mil
Ah... delícia que é viajar
Fico atenta, busco, levo
Carrego o que puder
Na alma... comigo vai
O que vi, o que senti
São assim minhas viagens
Paisagens... paragens... saudades...

Um "Arraiá Incantadu"

Participei de vários
Nas paragens em que andei
Muitos... que já nem sei
Os lugares que passei
Tantas cidades... lugarejos...
Muito bons esses festejos
Simplicidade emotiva
Mas nem um pouco simplista...
Me lembro de muitos deles
Desde os tempos de criança
Coisas longínquas da infância
Estão nas minhas saudades
São eventos que eu guardo
Aqui dentro... bem guardados
Nas lembranças tão felizes
Distantes... mas bem lembradas...
Porém, por melhor que fossem
Nenhuma enfim, se compara
Ao arraiá tão bonito
Tão festivo e aguardado
No qual tive a alegria
De poder estar presente
Misturado de magia
De amor e fantasia
Trazendo nele em permeio
As memórias do passado...
Estava com a minha gente...
Ah... "qui arraiá mais bunitu"
Tão doce de se lembrar
Tanta alegria... sorrisos...
Risadas...quanta coisa engraçada.....
Gente boa... Gente minha...
Seu sangue correndo em mim...

Tanto amor entrelaçado
Reafirmando que a vida
Vale a pena ser vivida
Relembrada, esmiuçada
Revendo em câmara lenta
Momentos bons e até os ruins
Já que todos os momentos
Fazem parte, moldam o barro
Pra tornar-nos mais perfeitos
Na pura essência de mim
Na pura essência de nós...
Arraiá.... família Dalto....
Grande festa....grande evento....
Emoção....raro acontecimento
Só entende quem lá esteve...
Só quem presenciou compreende....
Tinha algo de sagrado
Tinha sim algo Divino
Tio Antonio e seus irmãos
Nono José, nona Maria
Com certeza estavam lá
Levando com suas presenças
Mais beleza no arraiá...
Até rezaram conosco
Mini terço... mais não dava
Tinha criança com pressa
De comer tanta iguaria
E os adultos já inquietos
Pra dançar a tal quadrilha
Arraiá...festa "bunita".....
Que será sempre lembrada
Pois em nós, são essas coisas
As coisas que sempre ficam....
Obrigada, família Dalto...
Por terem me convidado
A também participar
E ser feliz com vocês
Nesse "arraiá incantadu..."

Um Sonho Lindo

Flores contornando cores
Amarelas feito ouro
Brilhavam na leve brisa
Espalhando um sol de amores
Um riacho cristalino
Transparente feito vidro
Vaquinha branca... tão branca
Qual algodão florido...
Uma grama bem verdinha
De um verde puro... lindo!
Formavam em seus contornos
O quadro mais expressivo...
E eu, chegando mansinho
Tão leve, que levitava...
Contemplei aquele quadro
Raro... perfeito... divino...
Tento...mas não dá pra descrever
A beleza que continha
Sentia leveza tal
Qual pluma que a brisa leva
Enlevada, observei
A vaquinha que me olhando,
Parou de beber a água
Do mais límpido riacho
E me vendo transparente
Com seu olhar inocente
Segredou-me algumas coisas
Me falou com sua mente...
Pediu-me guardar segredo
Não me lembro... ah, que pena...
Quais segredos segredou-me
Que segredos eram eles?

Mas estão em mim, eu sei...
Sinto paz quando relembro
Sonho lindo, imortal
Um desejo de voltar
Contemplar aquele quadro
Tão divino... Inusitado...
Tão perfeito... tão real...

Meus Natais de Outrora

Faz tempo, faz muito tempo
Eu era muito novinha
E sonhava o ano todo
Com os natais que eu não tinha
Pois pra todas as crianças
Natal é e sempre foi
Ganhar brinquedos e doces
Mesa farta e o que for...
Tinha em frente à nossa casa
Uma árvore pequena
Nunca soube o nome dela
Mas prestava atenção
Quando ela florescia
Anunciava o Natal
Então eu ficava atenta
E ao vê-la em botões
Me alegrava em saber
Que o Natal se aproximava
E nunca entendi porque
Tal árvore me encantava...
Me lembro que meus vizinhos
Ganhavam em seus natais
Sempre algum brinquedinho
Mas a mim, tão pequenina
Ensinavam um Deus Menino
Passando na madrugada
Montado no seu burrinho
Pra deixar nossos presentes...
Também nunca compreendi,
A injustiça praticada
Por esse tal menininho
Pois, enquanto aos meus vizinhos

Bonecas ou bolas deixava
A mim sobravam tercinhos
Santinhos, escapulários...
Tomei raiva do menino
Pobrezinho, tão sem culpa...
Arcava com a falta de tato
Das pessoas já adultas
E então quando entendi,
Peguei bronca dos meus pais
Pois mesmo que não tivessem
Brinquedos que eles pudessem
Me presentear então,
Que ao menos não me dessem
Tercinhos, escapulários
Mas no lugar do rosário
Qualquer brinquedo que fosse
Bonequinha feito doce
Ou até de papelão...

Meus Natais de Agora

Ah... São lindos... Tão festejados...
São meus natais encantados
Coloco luzes, dou ênfase
À fachada em minha casa
Não faltam papais Noéis, anjos, renas...
Falta nada... Tem um presépio no centro
Jesus, Maria e José...
É essencial que tenha...
Afinal, é um grande evento
Nascimento de Jesus...
Grande acontecimento
Tudo pronto... fico olhando
As crianças encantadas
Paradas...observando
Procurando nos detalhes
Encontrar a cada ano
O que tem de diferente
Um papai Noel a mais
Um alce, uma estrela, enfim
Qualquer novidade serve
E até sei que algumas dizem
Que é nesta casa enfeitada
A tão ilustre morada
Do bom velhinho Noel...
Cheguei a ouvir certa noite
Dois irmãozinhos dizendo:
Vamos espiar lá dentro...
Pode ser que a gente veja
Lá tem algo se mexendo...
Fico bem escondidinha
Me disfarço atrás da árvore
Que armei na minha sala

Tão alegre... iluminada...
Todo ano se repete...
É comum que já em novembro
As crianças me perguntem:
Quando vai por os enfeites?
Isso me dá novo impulso
Cresce em mim cada vez mais
O espírito de Natal, de amor...
De agradar... ser mais generosa
Peço então ao Deus Menino
Que eu viva muitos anos
Pra festejar com o mundo
Com muita criança por perto
E brindar com a família
Amigos, parentes, todos...
Ah... e como é bom ter os netos
Curtindo cada detalhe
Me avisando quando às vezes
Uma luzinha se apaga
Um enfeite se perdeu
Ou uma bengala de isopor
Que de tão leve voou...
Ah... Mas preciso aqui contar
Do coral, que há vários anos
Sem chuva ou chovendo muito
Se apresenta em nossa casa
Comandado pela Renata
Pra cantar os lindos hinos
De Natal, do Deus Menino
E então, nossos amigos
Chegam, se confraternizam
E são tantos... Ah... que lindo...
Faço festa, sirvo a todos
Vinhos, canapés e doces
Tudo o que posso ofereço
Obrigada, meus amigos...
Venham todos... venham sempre

E festejem se puderem
Qualquer evento que seja
Festejem principalmente
Todos os Natais comigo...

Catadores de Varetas

Fim de ano, meia noite
Despedida do ano velho
Vem o novo, tudo é festa
Desejamos uns aos outros
O melhor, tudo de bom
Champanhes estouram fácil
Brindamos em copos, taças
Fazemos nossas promessas
O velho ficou pra trás
Um novo ano começa
Gritamos de peito aberto
Profusos comemoramos
E as crianças já cansadas
Esperam com ansiedade
O momento grandioso
Ver os fogos em espetáculo
Espocarem feito loucos
No céu, em milhões de cores
Desenhando lindas flores
Derramando qual cascatas
Estrelas em profusão
Até que cesse o barulho
E passada a euforia
Se cala a criançada
Caem em sono profundo
Dormem o sono dos justos
E então, no outro dia
Mal elas se levantam
Procuram a gente grande
E saem em disparada
Pelas ruas, qualquer espaço
Vasculhando em todo canto

Procurando as tais varetas
E as caçam como fossem
Tesouros, coisa importante
Apostam quem pega mais
As cores são variadas
Trocam umas com as outras
As varetas repetidas
Nem sabem para que servem
O vovô sim; pois cata junto
E vai usando o ano inteiro
Nas mais variadas artes
Uma estaca , um suporte
Sempre encaixa na gambiarra
E assim caminha a vida
Vejo isso nos meus netos
Na alegria que eles sentem
Buscando pelas varetas
E aproveito a grande lição
Pois muitas vezes na vida
Melhor é o catar das varetas
Do que o soltar dos rojões...

O Rabino e o Mendigo

Estava sentado à mesa
No barzinho onde entrei
Lá no bairro de Pinheiros
Me olhou, me encarou
Sorri pra ele... nem ligou...
Olhou-me novamente... sorri
Quis cumprimentá-lo
Olhei... mas ele fechou-me a cara
Pensei do que foi que não gostou...
Em mim, jeito alegre... amistosa
Sorrindo, como a dizer:
Bom dia, homem tão sério
Seja bem vindo... prazer...
Por quê? Eu me pergunto...
Não me sorriu o rabino?
Posso jurar que não sei...
Saindo, olhei, sorri
Ele nada... mas me olhou
E mais fechou sua cara
Segui... nem alegre ou acabrunhada
Mais adiante um pedinte me encarava
Me sorriu, puxou conversa
Sorri... dividi com ele as falas
Domingo de pouca gente
Manhã... cafezinho quente
Um rabino... divagando...
Bebendo café com leite
O que levou esse rabino
A ser duro assim comigo?
Ah... Acho que me julgou
Pela roupa que eu vestia
Calça justa... ou foi a minha postura

Num boteco de segunda
Num Domingo de manhã
Bebendo café num copo
Nem xícara havia lá
Não sei... nunca vou saber
Que impacto causei...
Ou será que o tal rabino
Olhou-me e nem me viu?
É... Até que pode ser...
E o pobre maltrapilho
Que me abriu belo sorriso
Como foi que me enxergou?
Viu melhor a minha alma
Que o rabino que estudou?
Me lembrei de Krishnamurti
Que em seu livro aconselhou:
Observe... Tão somente observe...
Sem julgar, sem questionar
Observe... Veja os fatos
Não queira concluir nada
Do mundo inquestionável
Que o homem carrega em si
Pois cada mundo é único
Na história que encenou
Cada alma um mundo próprio
Indecifráveis os segredos
Da alma que o gerou...

Um Assalto Diferente

Ia eu bela tardinha
Começava a escurecer...
Andando lá por Pinheiros
Belo bairro de São Paulo
Parou-me então um sujeito
Bem vestido, bem tratado
Foi logo dizendo baixo
Moça, você tem horas?
Parei e o olhei de perto
Com simpatia, sorri
Achei bom o termo moça
Com o qual me abordou
E respondi amigável
Me desculpe, mas não tenho...
E Ele, sem se abalar
Me falou de sopetão...
Mas grana, você tem
Me passa toda, então...
Eu respondi, tenho pouca
Mas lhe dou a que tiver
Ele me fez menção
Ter uma arma escondida
Peguei logo os cem reais
Única nota que eu tinha
Dei a ele que sorriu
E me falou... valeu, moça...
E ainda agradeceu...
Me dei conta que sorri...
Penso que foi de nervoso...
E quando alguém me disse
Achar muito cem reais,
Eu respondi... depende...

Pra que lado eu levar...
Digamos que eu paguei
Cinquenta reais por vez
Que me chamou de moça...
Gostei, pois na minha idade
Ser chamada assim,
É pura felicidade...
Compensou pela alegria,
Porque isso me valeu,
Por anos de terapia....

Manhã Feliz....

Hoje acordei bem cedo
Saí por aí sem rumo
Delícia andar sem prumo
Sem saber pra onde ir...
Só andar olhando o mundo
Cumprimentando quem passa
E se houvesse uma praça
Eu me sentaria lá...
E andei, andei, andei...
Pouca gente pelas ruas
Em Sampa, lá em Pinheiros....
Sete horas da manhã...
Tomei café numa esquina
Desses de coador
Conversei com a menina
Que me serviu pão de queijo
Sentei á mesa e ela veio
Desenvolta, me falou...
Bonito, o seu cabelo...
Agradeci, ela voltou
Servir atrás do balcão
Vontade de dar um beijo
Simpatia de menina...
Alegre assim, de manhã...
Servindo tão bem a todos...
Saí, falei tchau pra ela
Que me deu lindo sorriso
Desejou-me um belo dia
Andei mais....me vi feliz
Mais adiante, um homem velho
Senhorzinho de andar trôpego
Cumprimentou-me com gosto

Devolvi um sorriso doce...
Fui adiante.... olhei vitrines
Me encantei com tantos livros
Expostos num sebo antigo
Seu dono estava lá...
Me ofereceu cafezinho
Tomamos juntos... delícia
Conversamos sem parar
Falamos de tantas coisas...
Mostrou-me uns livros raros
Tão ou mais antigos que eu
Saí encantada de lá...
E andei... andei... andei...
Sem vontade de voltar...
Ah, meu Deus... como foi bom
Sair atoa, sem pressa...
Assim, só pra observar
O transeunte passar
Ver a vida de manhã
E com tudo me encantar...

Vi Você
(Onde quer que você esteja, vejo você, querida...)

Vi você... vi seu sofrer
Soluçava a dor sentida
Não chore, minha querida...
Tudo se acerta, vai ver...
Vi você em longo pranto
Vi você em desencanto
Da vida desencantada
Que dor essa, que dói tanto...
Vi você desesperada
Querendo terminar tudo
Sem nenhuma perspectiva
Alheia... longe do mundo
Vi você buscando longe
Tão distante, errando os passos
A você eu enlacei
Envolvi em forte abraço...
Vi você voltando á vida
Tateando...devagar...
Acordando... descobrindo
Reciclando o seu melhor
Vi você se levantando
Se refazendo das cinzas
Se alegrando pouco a pouco
Curando suas feridas...
Vi você forte qual cedro
Consolando a dor alheia
Tão feliz, tão encantada
Gostando tanto da vida...
Vi você me consolando
Me enlaçando em forte laço
Me joguei, chorei a dor
No amor do seu abraço...

Vi você tão minha amiga
Minha irmã, minha querida
Cumplice no meu sofrer
Vi você tão despojada
Esquecida de você
Se entregando sem pensar
Curando minhas feridas...
E quando as dores me vêm
Vez ou outra me sondar
Fecho os olhos, vejo bem
Com a alma , o seu olhar
Me consolo com você
Pois sei que o seu espírito
Melhor que ninguém me vê....

Pessoas Queridas

Quero chama-las todas
Pra bem perto... bem aqui
Quero tê-las ao meu lado
Segredando o meu passado
Contando o que já vivi
E que estejam sempre junto
No conjunto das lembranças
Rememorando, buscando
Relembrando o que puder...
Quero todas como herança
Pra que eu possa lhes contar
Os meus mais temíveis sonhos
E contando me acalmar...
Quero tê-las bem presentes
Consciente, inconsciente
Consistentes, renitentes
Presenteando o meu viver
Enriquecendo minh'alma
Compartilhando o sabor
Do saber que as fez crescer
Quero dar pra todas elas
O amor bem temperado
O sabor bom do passado
Meu presente tão feliz
E o futuro que há de vir...
Quero ser sem distinção
Sem pudor... de coração
O lado bom desta vida
Dividir minha alegria
Dar a elas meu melhor...
E se não for pedir muito
Peço que fiquem comigo

Mesmo que em espírito
Hoje, por toda a vida
Vocês... pessoas queridas...

A Falta Que Ela Me Faz

Foi embora minha amiga
Sem avisar... pois, se nem ela sabia,
Que ao dizer aquele tchau
Aqui não mais me veria...
Mulher simples... mulher forte
Tão boa... tão generosa
Indo, deixou mais pobres
A mim e a tantos outros
Ah... quanta falta ela faz
Corajosa... abnegada
Enfrentava o que viesse
Batalhava sem descanso
Deu exemplos de humildade
Perseverança, vontade
De vencer... de ir em frente
Nunca a vi reclamando
Nem tampouco a vi indisposta
Dava mostras de cansaço
Nos olhos fundos, turvados
Muitas vezes de chorar...
Chorava escondido, eu sei...
Tanta coisa a resolver
Tanto peso em suas costas
Mas fraquejar... jamais
Foi embora a minha amiga
Sem nem mais... sem avisar...
Mas sei que está comigo
Sei que vem me abraçar
Seu espírito está vivo
E a alma não tem tempo
Nem momento pra chegar...
Fique bem, minha querida...

Um dia qualquer nos vemos
Amiga... descanse em paz...

A Lista

Me peguei... assim... do nada...
Com um lápis e papel
Escrevendo... só pra ver
O que, latente em mim
Precisava por pra fora...
E quando vi, me saiu
Uma lista das memórias
Fui listando... sem pensar
E então, ao me dar conta
Tinha uma lista sem conta
Das coisas que já vivi...
E pude ver nessa lista
Saída sem nem pensar,
Quão rica, quão proveitosa
Tem sido essa minha vida...
Vivência de amor e graça
Também de tantos percalços
Procurando no encalço
À duras penas, achar
Como tantos que ainda buscam
O que me trouxesse paz...
Muita luz, sabedoria
Alegria... amor à vida...
E então, nesse buscar
Tropeçando, equilibrando,
Pude ver quanto valeu
A busca por alcançar
As riquezas que hoje tenho
Família, amigos, saudades
Das andanças por aí
Lugares onde eu vivi
Aprendendo, conhecendo

Outros cantos, outras plagas
Mas ainda bem melhor
Foi conhecer tanta gente
Pessoas... ah, se me lembro
Tantas pessoas eu tenho
Vivendo dentro de mim
Encontrei pessoas boas
Outras nem tanto assim
Mas com todas aprendi
Enriqueci meu saber
E o que pude então trazer
Pra mim, aproveito bem
O que é bom... ainda bem...
Guardo... me fez crescer...
Ser melhor... e assim...
Listando só o que é bom,
Viver... viver... viver...

Rir de Mim

Vivo rindo... gargalhando
No escracho eu me acalmo
Tenho o sangue do meu pai
Que em qualquer situação
Tinha sempre uma tirada
Fazendo coisas sem graça
Virarem boas piadas
O engraçado me atrai
Se tem graça vou atrás
Rio sempre, rio muito
Sou de natureza alegre
Minhas gafes... tenho muitas
Me fazem rir como nunca
Qualquer coisa me faz rir
Sou mesmo uma boba alegre
E tudo que é engraçado
Sinto que me persegue
Presto atenção e digo
Será que fatos assim
Só acontecem comigo?
Não... acontecem com todos
Mas nem todos se dão conta...
É que eu vivo antenada
Pra ver coisas engraçadas
E então, eu aproveito
Pra dar boas gargalhadas
Gosto de ser assim
Assim, vou continuar
Rindo e fazendo rir
E rindo também de mim...

SEGUNDA PARTE

Bendito é o Fruto

Bendito seja o seu ventre
Guardando o fruto da vida
Sustentando, alimentando
Nove meses de magia...
Bendito ventre que o fruto
Cresce sugando a fonte
Gerando do mesmo sangue
O fruto que gera a vida
Bendito fruto crescendo
Expandindo, se formando
No ventre que aconchega
O fruto do seu amor...
Bendito ser carregando
O fruto no próprio ventre
Mãe....bendito é o fruto
Da sua própria semente
Bendito seja o fruto
E a alma que o sustenta
E bendito seja o útero
Habitat do seu rebento
Bendito fruto do ventre
Eclodindo para a vida
Nascendo, enxergando além
Reconhecendo na alma
O ser do qual ele vem
Bendito fruto é você
Bendito fruto sou eu
Frutos da mesma fonte
Da árvore onde nasceu
Benditos frutos de Deus...

Meus Encantos

São tantos os meus encantos
Sou fácil de me encantar
Desencantos também tenho
Mas encantos tenho mais
Vivo encantada com coisas
Que muitas vezes parecem
Descabidas de encantar
Me encantam tantas coisas
Até se torna difícil
Quando as quero mencionar
Me encanta o sol se pondo
E as noites de luar
A chuva caindo fria
O vento trazendo a brisa
Me encanta o sol nascendo
Para o dia começar
O pão comido quentinho
Com café coado há pouco
A risada do vizinho
Criançada em burburinho
O vendedor ambulante
Vendendo frutos fresquinhos
Uma horta bem plantada
Um milharal espigando
As paisagens que se abrem
Encantando nas viagens
Os meus amigos chegando
Pra comigo festejar
Qualquer evento inventado
Pra poder comemorar
Me encanta a boa mesa
Arroz e feijão com certeza

Ler livros interessantes
Leituras que acrescentam
Verdadeiras obras primas
Historinhas pra crianças
Poemas, contos, lembranças
Tanta coisa me encanta
Um elogio, um afago
Um sorriso bem mostrado
Mas me encanta sobretudo
A criança que há em mim
Encantada, olhando o mundo
Encantando-se com tudo...

Quero da Vida

Quero receber da vida
O que a vida tem pra dar
O nascer de um novo dia
O amor do teu olhar
O sol, a chuva, a brisa
O entardecer... e à noite
Quero estrelas pra contar
Tudo aquilo que recebo
Nas graças que ela me traz
Quero nuvens prateadas
Quero a paz da madrugada
E galos cantando ao longe
Anunciando que a vida
Se renova na alvorada...
Quero o renascer bendito
Pra saudar um novo dia
De esperança, de bonança
De grandezas e chegadas
Quero ver jardins em flores
Estradas que levem longe
Meu amor a todo aquele
Que o amor em mim buscar
Quero gente me cercando
Dividindo seus anseios
Quero abraços, muitos beijos
Quero desejos de paz...
Quero a luz das criancinhas
Seus sorrisos e alegrias
Sua mais pura inocência
Pro meu mundo ser melhor
Quero vida... muita vida
Suavidade, leveza

E o encanto da natureza
Trazendo doces lembranças
Cobrindo qualquer tristeza
Que puder me acometer...
Quero sempre meus amigos
Por perto, pra festejar
Nossos encontros festivos
Sem ter hora pra acabar
Quero minha alma plena
Sempre cheia de amor
Pra ofertar a todo aquele
Que o amor vier buscar...
Quero só os belos sonhos
Pra poder rememorar
Qualquer hora que eu quiser
E torna-los bem reais
Enfim... eu quero da vida
Muita luz, sabedoria
Bendizer a cada instante
A você... vida querida...

Amigos Emprestáveis

Chegam a qualquer hora
Vivem soltos por aí...
Às vezes vêm de tão longe
Cansados, rotos, suados
Acessíveis, sempre prontos
E de tudo impregnados
Nos falam de tantas coisas...
Enchem-nos de esperanças
Dão show de sabedoria
Prazer, amor, alegria
São anjos sempre presentes
Contam-nos tudo que sabem
E sabem tanto... de tudo...
Às vezes nos deparamos
Com exemplares bem raros
Em outras, simples adendos...
Mas enfim... sempre acrescentam
Gosto deles... Não, amo-os
São em mim presença certa
Nos dias ensolarados
Ou no frio entre as cobertas
Amo quase todos eles
Uns mais, outros nem tanto
E se posso compartilho
Com aqueles a quem amo
Ou mesmo sem amar tanto
Pois sei que compartilhando
Formo correntes do bem
Lanço ao mundo o que aprendi
E até o que não sei...
Não tenho ciúme, mas cuido
Pois são eles tão seletos

E livres, abrangem tudo
São meus amigos perfeitos
Tão despojados de apegos
Ou qualquer coisa que entrave
De seguirem seus caminhos
E mostrar a que vieram
Compartilho, dou, empresto
Ou até peço emprestado
E assim, compartilhando
Ou pedindo emprestados
Tenho-os sempre por perto
Meus amigos tão diletos...
Livros, benditos livros...
Alguém quer? Eu os empresto...

Me Dê Seu Tempo

Ei... sim, é com você
Transeunte, meu irmão
Que passa e nem me vê
Com você quero falar...
Dê-me um tempo se puder
Do seu tão precioso tempo
Vem... pare pra me ouvir
É pouco o tempo que eu quero
Do tempo que puder dar
Vem... congrace comigo
Me olha... sou seu amigo
Não precisa se acanhar...
Pode ser que amanhã
Seja tarde pra eu dizer
Ou tarde pra me escutar
Dê-me o tempo que puder
Já que o tempo não tem dono
É meu, seu, de quem quiser
Vem... dê-me um tempo de você
É só um tempinho ínfimo
São bem poucas palavrinhas
Segundinhos ...nada mais
Mas olhe pra mim... me vê
Preciso encarar você
Só pra poder dizer
Que eu lhe dou o meu amor...
E desejo muita paz...

Dor

Toda dor, seja qual for
Dor da alma, dor de dente
Dor no peito, que é de mágoa
Qualquer dor que seja ela
Dor das próprias mazelas
Dor do outro que amamos
Dor da criança chorando
Dor do ancião sofrido
Dor do animal ferido
Da natureza aviltada
Toda dor é dor que cala
Dor é dor que sempre abala
Dor da morte enlutada
Seja ela de quem for
Precisa ser respeitada
Dor do amor mal resolvido
Do justo incompreendido
Dor pela dor do amigo
Dor dos que nem conhecemos
Dor de remorsos contidos
Até a dor odiosa
Merece ter seu alento
Pois o ódio dói na alma
Adoece, envelhece
É dor de puro veneno
Dor do ser desumano
Que transgride, que corrompe
Que propaga más lições
Também este sente dor
Dor do homem que constrói
Mas não tem onde morar
Dor dos que buscam errantes

Relutantes sem destino
Dor do pobre menino
Dor do rico tão pobre...
Do rei que pensa ser nobre
Dor se faz doer em todos
Pois que dói sem distinção
Mas que a dor de todo mundo
Não seja chorada em vão...

Queridos Animais

Animais...
Dóceis, mansos, mimados
Ferozes, domesticados
Bem ou maltratados
Todos tão necessários
De grande porte, pequenos
Imensos ou delicados
Animais de toda raça
Selvagens, cheios de graça
Animais daqui, dali...
Cãozinho tão saltitante
Farejando nas chegadas
Gatos miando mansos
Pelo eriçado em lança
Hipopótamo tão grande
Inteligente elefante
Cigarrinha cantadeira
Formiguinha na labuta
Boi puxando o arado
Na antiga força bruta
Vaquinha parida, leiteira
Suprindo-nos na abundância
Bezerrinho alimentado
Generosa vaquinha mansa
Bodes, cabras, porcos, touros
Cavalos e tantos outros
Diversidade, grandeza
Da pródiga natureza
Procriando sem pudores
Também têm os seus amores
Fêmeas amamentando
Crias cheias de graça

Macho buscando a fêmea
O mais forte traz a caça
Filhotes de toda raça
Brincando tão sem cuidados
Nos perigos que os encalça
Leões, tigres, panteras
Portentosos, belas feras
Golfinhos, também baleias
Pássaros, plumagens mil
Animais da nossa fauna
Também além do Brasil
Garbosos, silenciosos
Fazedores de algazarra
Chiados, urros, latidos
Grunhidos, silvos, miados
Madrugada canta o galo
Faz festa o sapo no lago
Muge o bezerro acuado
Pula o macaco no galho
Saltita leve o coelho
Canta alegre a passarada
Nos gorjeios afinados
E o lobo que não é mau
Uiva em noites de luar
Na gaiola canta triste
O pássaro preso a toa
Fêmea procura aflita
O filhote morto em vão
A corsa mansa dá cria
Uma gaiola se abre
Voa o pássaro capenga
Não sabe mais viver fora
Boiada no matadouro
Conduzida vai em fila
Matamos pra que nos sirvam
Nos alimentam da carne
É de praxe...é preciso?

Porquinhos, leitões e outros
Cabritos, também carneiros
Vão mansos pro sacrifício
Servem-nos de alimento
Saciam a nossa fome
Nos fartam na gulodice
Sandice... Será preciso?
Pássaros voam raso
No cheiro da carne morta
Alimentar é preciso...
O morto alimenta o vivo
Bois, porquinhos e outros
Também dóceis carneirinhos
Perdoem a todos nós
Humanos tão desumanos
E oxalá, quem sabe um dia
Mudemos o pensamento
E vocês não mais precisem
Nos servir de alimento...

Nosso Olhar

Olhares que enxergam
O belo, o feio.
O branco, o vermelho
A cor que quiser...
Olhares que brilham
Opacos ou frios
Olhares aflitos
Contritos, perdidos
Nos olhos que choram
Revelando a dor
Olhares contidos
Serenos, amenos
De olhos pequenos
Redondos, puxados
Olhares cansados
De ver tantas coisas
De olhar sem querer
Não querem mais ver
Olhares intensos
De abranger profundo
Olhar assustado
De quem vem ao mundo
Olhares tristonhos
Pidonhos de fome
Olhar enfadonho
Cansado dos sonhos
Fechado nos sonos
Olhar bem aberto
Olhar indiscreto
Mirando distante
Ou mesmo por perto
Olhar sem fronteira

Desvenda horizontes
Enxerga tão longe
Com olhos de lince
Enxerga a alma
Acalma num lance
Qualquer dor que clama
Olhar tão distante
Parado, nem vê...
Na busca errante
Buscando o quê?
Olhar que enxerga
Somente o belo
Em tudo vê flores
Olhar tão singelo
Não vê desamores
Olhar mercenário
De estreito enxergar
Só enxerga cifrão
Perdeu a visão
Olhar de esgar
De puro descaso
Escárnio no olhar
Melhor nem pensar...
Olhares bondosos
Risonhos curiosos
De olhos bem grandes
São tantos os olhos
Que olham por tudo
Que olham por todos
Olhando uns aos outros
Olhares perfeitos
Olhar com defeito
De quem não consegue
Olhar bem nos olhos
Encarar o outro
Olhar complacente
De olhos contentes

Carinho, ternura
Doçura, esperança
Olhar de criança
Que enxerga a alma
No olhar inocente
Tão doce e abrangente
Quem dera eu fosse
Olhado qual fosse
Por quem quer que fosse
O doce mais doce...

Beleza

Belezas são tantas
Do corpo, da alma
Na graça da moça
No velho e no moço
Beleza das flores
Dos grandes amores
Beleza da vida...
Vivida em cores
E em doces sabores
Beleza encantada
Cantada em versos
Reverso do feio
Pulsando nas veias
Nas rimas bem feitas
De qualquer poeta
Rimando, buscando
Cantar a beleza
Da mais bela forma
Trazendo pra tanto
Lembranças tão belas...
Belezas singelas
Crianças brincando
Sorrindo felizes
Criança eclodindo
Nascendo pra vida
Beleza gerada
De forma Divina
Assim é a vida
De tantas belezas
São tantas as formas
E tão variadas
Mas de todas elas

Beleza mais bela
A nós invisível
Beleza intangível
Beleza da alma...

Semear

Somos todos semeadores
Nos campos que há no mundo
Nas searas infinitas
Pois temos em nós as sementes
E são tantas, tão variadas
Que depois de germinadas
Crescem, florescem, dão frutos
Espalhando sempre mais
Expandindo em abundância
Sem limites e sem trancas
São de todos, quem quiser...
Tudo aquilo que plantamos
Só pensando em ofertar
Sem pensar em receber
Na prodigalidade do ser...
Na fartura da oferta
Doando sem pretensão
Com mentes e mãos abertas
As sementes do amor
Da paz, da generosidade
Da alegria, amizade
Sendo pródigos no ensinar
Também dando bons conselhos
Tendo só bons pensamentos
E ofertar se for preciso
Compreensão no apoio amigo
No ósculo, no sorriso
Num sincero aperto de mão
Aos irmãos, pois somos todos
Transeuntes nos caminhos
Semeando bons exemplos
Ajudando nas colheitas,

Para semearmos sempre
Mesmo que em terras áridas
Ou em terras alagadas
Um dia, qualquer que seja
Germinarão as sementes
Se forem bem semeadas
Sem pressa, com atenção
Sem pensar em recompensa
Semear sem parcimônia
O que está no coração
E assim tanto os nossos filhos
Quanto os demais descendentes
Os bons frutos colherão...

Milagres

São tantos, tão caros...
Nem dá pra contar
Milagres sem conta
Que a vida nos dá
Possíveis, cabíveis
E os mais impossíveis
Milagres da vida
Viver novo dia
Vivendo alegrias
Tristezas, desejos
Milagre do novo
Nascer, por do sol
Milagres em nós
Daquilo que somos
Pensamos, dizemos
Nas nossas sentenças
Criando o belo
E o bom nos desejos
Milagres profusos
Saídos de nós
Saídos do Ser
Que nos alimenta
Nos ama, sustenta
Milagres da vida
Bendita, vivida
Tão bela, tão plena
Pintada nas cores
Que bem entendermos
Vivida em amores
Que nem conhecemos
Milagres, milagres...
A todo momento

Às vezes nem vemos
Tanta generosidade
Nem reconhecemos
Os tantos milagres
Que a vida nos dá...

Despertar

Despertar da vida o amor
E a ternura em cada ser
Ser desperto, ser liberto
Libertando o próprio ser
Despertar... olhar de perto
Para os frutos que colheu
Plantar as boas sementes
Que geraram esses frutos...
Despertar, olhar em volta
Nas voltas que a vida dá
Procurar seguir em frente
Adiante, avante, sempre...
E assim cuidar, amar
Pra despertar a semente
Dos bons frutos que plantar...
Despertar... olhar o outro
Bem nos olhos pra enxergar
O que todos têm em si
Pois o bem, em todos há...
Despertar... enxergar longe
Os mais belos horizontes
Despontando, despertando
Qualquer seja esse lugar
Longe, perto, ou bem lá atrás
E encontrar desperta a fonte
Que jorra, jorrando a paz...

Ser Livre

Somos livres pra escolher
Entre amar e sentir ódio
Sorrir, cantar ou chorar
Ver tudo ou fechar os olhos
Buscar ou deixar pra lá
Ir adiante ou estacionar
Viver bem ou viver mal
Somos livres pra criar
Pensamentos altruístas
Ou pensamentos pequenos
E podendo escolher
É melhor pensar direito
E escolher bons pensamentos
Somos livres pra falar
O que vem em nossa mente
Então que pronunciemos
Só palavras que acrescentem
Somos feitos para amar
Sorrir e também chorar
Mas não seja nosso choro
Só pra lamuriar
E se estivermos chorando
Pela dor nossa ou do outro
Que esse choro seja breve
Colocando em seu lugar
Pensamentos que alegrem
Fomos feitos para ser
E feitos também pra ter
Porém que nunca o ter
Sobreponha o nosso ser
E só então seremos todos
Verdadeiramente humanos
Altruístas e felizes
Só assim seremos livres...

Jóias Preciosas

Tantos amigos eu tenho
Fico feliz quando os vejo
Sou muito grata por tê-los
Sinto saudade, abraço, beijo
Gostaria que viessem
Me cercassem todos eles
E me enchessem de afagos...
Amo quando os abraço
Se felizes eles são,
Ou se felizes estão
Quero que deem a mim
Um pouco dessa alegria
Pois a minha eu lhes dou
Passo a eles o que tenho
Amor, paz, minha ternura
Dou-lhes minha energia
Faço as trocas que puder
Recebo com gratidão
Qualquer amor que vier
Pois, vindo do coração
É sempre muito bem vindo
O amor que ele me der
E o amor que eu recebo
Transformo em abraço e beijo
Distribuo e quando vejo
Tudo em mim ficou melhor
Sigo em frente... amo a vida
Meus amigos são meus bens
Que permanecerão comigo
E quando eu daqui partir
Vou levar todos em mim
Pois são jóias preciosas

Que a vida me legou
Sim... vou levá-los em espírito
Porque são parte de mim...

Ao Corpo

Corpo sacrário de nós
Dos nossos sonhos, anseios
Dores, amores, devaneios
Lembranças e esperanças
Corpo alegre, acabrunhado
Perfeito, leve, pesado
Corpo amado, venerado
Imperfeito, aviltado
Frágil, curvo cansado
Belo corpo bem tratado
Mal amado, castigado
Mutilado...Faminto, farto
Corpo despudorado
Tem também tantos pudores
Ansiando seus amores
Tão vibrante, corpo nosso
Carne, osso, firme, forte
Sadio ou adoentado
Livre corpo indo, vindo
Na busca desenfreada
Buscando quem sabe o que...
Transportando pesada a vida
Carregando leve a alma
Sustentando respeitoso o Ser
Presente que nos foi dado
Vindo de outros corpos
Gratos somos, corpo amado,
Rendemos a ti homenagens
Reconhecemos teus encantos
Tantos valores contidos
Belo corpo, nosso manto
Santuário do Sagrado
Corpo nosso, corpo santo...

Sementes do Bem

Bendito aquele que passa
Semeando as suas graças
Congraçando, elevando
O melhor da sua raça
Bendito aquele que tem
Sementes pra semear
Dos frutos bons que plantou
Pra outros frutos gerar
Bendito seja aquele
Que divide o próprio fruto
Gerando sabedoria
Em qualquer lugar do mundo
Bendito seja o que sabe
Que o saber é o bem maior
E assim, colhendo traz
Ensinamentos de paz...
Bendito aquele que busca
A amizade que o eleva
Bendito é o ser que gera
O amor... Jamais a guerra
Bendito aquele que sonha
Com os grandes ideais
Bendito seja todo aquele
Que respeita seus iguais
Bendito seja o ser
Que forma elos do bem
Bendito o que transforma
E ao transformar vai além
Bendito seja também
Todo aquele que vier
Semear pelos caminhos
As sementes que tiver

Bendito aquele que tem
Semeado a boa ação
Oferecendo também
Sementes do coração...
Bendito, bendito seja
Todo aquele que plantou, alimentou
E que, plantando
Colheu, dividiu, ofereceu
As sementes do amor...

Caminhos

Caminhos...
Sou eu quem os escolhe
Retos, curvos, bem traçados
Tenho-os diante de mim
Às vezes sou empurrado
A seguir o que não quero
Mas atento, sigo em frente
Em cada seta, uma escolha
Sigo reto, a esquina é torta
Me dou conta, pouco importa
Qual o fardo que carrego
Já nem sei qual é o certo
Às vezes perco o compasso
Caminhando em duros passos
Olho em frente, vou adiante
Tateio na busca errante
Busco, mirando incerto
Encontrar mesmo distante
O caminho que me leve...
Caminho que seja leve...
No horizonte sem fronteiras
Não quero que seja breve
Pode ser cheio de flores
Pode ter também espinhos
Mas que me conduza enfim
Aos fins a que me propus
Semeando sem pudor
A justiça, a paz e o amor
Colhendo farto do semeio
E mesmo que em permeio
Encontre as mais duras pedras
Caminhe eu sem receio

Buscando sempre encontrar
Nas setas da esquina incerta
Caminhos que sejam bons...
E que, mesmo trilhando incertos
Os rumos que a vida traça
Eu seja sempre capaz
De escolher a trilha certa
Pra viver a vida em paz...

Inspirações

Vêm de dentro, de outros tempos
Qualquer coisa me inspira
Da vida que já vivi
Da vida por ser vivida
Dos tempos da minha infância
Profícua em duros prantos
Dos tempos já bem distantes
Da juventude espremida
Entre sonhos, desencantos,
Felicidades contidas,
Sobressaltos, desafios...
Sonhando encantar a vida
Querendo tornar real
Na triste realidade
De uma vida tão despida
Das alegrias da vida
De antigas recordações...
Inspirações que me vêm
De tantos planos já feitos
Realizados, perfeitos
Nos sonhos bem acabados
Da vida tão cor de rosa
Inspirações vida a fora
Saídas em verso e prosa
Tão grata vida vivida
Plena vida de agora
Ou de tempos mais recentes
De tristes e belas histórias
Cantadas cheias de glória
De risos e gargalhadas...
Inspirações nas lembranças
Retiradas do baú
Inspiradas na memória...

Tudo e Nada

Tenho tudo nada é meu
Dos bens que angariei
Da matéria nada levo
Deixo tudo, vim sem nada
Mas creio que tudo é meu...
Objetos eu juntei
Amealhei na mão fechada
Trancando a sete chaves
Entulhando, exacerbando
Juntando pensando ter
Constatando nem bem sei
Ao juntar porque juntei
E juntando me propus
Guardar o que amealhei
Casas, carros, tantas coisas
Dinheiro guardado à toa
Posso vir a precisar...
Ou guardar só por guardar
Juntando sem perceber
Quinquilharias sem conta
Atravancando caminhos
Sonhando ter sempre mais
Acordando em meio a tanto
Esquecendo quem eu sou
Já nem sei tudo o que tenho
Busco o real valor
De tudo o que penso ter
E no balanço que faço
Me embaraço, me descubro
Nada tendo disso tudo
Já que isso pouco importa
Pois são bens muito maiores
Que vou levar deste mundo...

Nossa Vida

Vida doce, doce vida...
Grandes sonhos, fantasias
Vida amarga, intempestiva
Na vida tão sem sentido
Medíocre vida vivida...
Vida trilhada certo
Ou incerta, distraída
Levando, remando à toa
A vida tão encantada
Maravilhas tem a vida
Navegando em águas claras
Ou nas águas em torrentes
Carregando as tormentas
Que enfrentamos todo dia
Vida remando mansa
Plena, cheia de esperanças
Vida alegre, acabrunhada
Na espera da alvorada
Vida aberta em sol vibrante
Ou em nuvens carregadas
De sobressaltos constantes
Vida...plena, inconstante...
Prazer de viver a vida
Vendo pétalas se abrirem
Em caminhos, todo instante
Vida em flores vicejantes
Farturosa, generosa
Fluindo fértil, abundante
Frutificando em valores
Vida tão sem sabores
De ódios e de rancores
Desejando enfim a trégua

Das desgraças incontidas
Degradações tão sem vida
Inconcebidas, calcadas
Nas pedras duras da vida...
Vida grata em amores
Ofertas de todo dia
Plena vida em harmonia
Sabores e fantasias
Na vida bem aprendida
Em que o barco onde remamos
Tanto faz ser noite ou dia
Somos nós quem comandamos
No barco, o leme da vida...

Reencontros

Muitas vezes quando penso
Na riqueza que é a vida
Me lembro também com pena
De tanta coisa perdida
Da minha vida tão plena
De acontecimentos farta
Uns tão bons outros nem tanto...
Mas os fatos bem marcantes
Que me fazem tão contente
São reencontrar pessoas
De há muito já distantes
Pode ser algum parente
Amigo ou só conhecido
Que eu nem mesmo sabia
Se ainda estaria vivo
Mas que... longe, no passado
Tivemos ligações tão fortes
Trocamos nossas lembranças
Alegrias, esperanças
E sem nem saber por quê
Ou sabendo, e sem querer
Nos distanciamos... perdemos
Vínculos tão profundos
Presenças tão valiosas
Doces amores de outrora
Ah... porque nos dispersamos...
Desperdiçando, quem sabe
Momentos tão grandiosos
Porém, nos consola saber
Que na vida sempre há tempo
De resgatar indo atrás
Pra reviver bons momentos

Trazendo uma vez mais
De volta, sem nem pensar
Aqueles a quem amamos
E que enfim, sempre soubemos
Da falta que nos fizeram
Quanta ausência dolorosa
Quanto amor desperdiçado
Haja tempo pra se ouvir
O que ficou sem dizer
E trazer lá do passado...
Ah!!! Que voltem, venham todos
E me aceitem plenamente
Sem nenhuma restrição
Pra que eu possa resgatá-los
E com muita gratidão
Tê-los aqui novamente
Que venham, mas sem demora
Qualquer dia, hoje, sempre...
Qualquer tempo... qualquer hora...

Quero Ser

Quero ser pra todo o mundo
Sejam amigos ou parentes
Irmãos ou descendentes
Quero ser pra quem quiser...
Canal de luz, alegria
Ser enfim o que puder
Levar adiante... Muito além
Agora... A qualquer hora
Tudo aquilo que aprendi
E que me veio de graça
Pra poder distribuir
A esssência do viver...
A beleza do que vi...
Quero levar adiante
A grandeza do humano
Entregar sem parcimônia
Meu amor ao semelhante
Quero ver o mundo alegre
Quero a paz unindo os povos
Vou fazer a minha parte
Sorrir meu sorriso franco
Abraçar o abraço forte
Como o último que fosse...
Olhar nos olhos do outro
Sem nem precisar dizer
Só olhar... e assim sem mais...
Entregar o meu presente
Pra você irmão querido...
E que, na entrega eu sinta
Ao me receber sorrindo
Que você pessoa amada
Me recebeu por amigo...

Mal Entendidos

Ah...Quem dera eu pudesse
Ir buscar lá no passado
Pra resgatar o que desse
De tantos mal entendidos
E me fazer entender
Pondo tudo em pratos limpos
Coisas das quais nem me lembro
De qual forma foram ditas...
Mas bem sei que magoei
Meti os pés pelas mãos
Ou pra aclarar demais
Me expliquei sem precisar
E nas falas tropecei
Fui além, marquei bobeira
Falei o que não devia
Cometi minhas asneiras
Ou então, nem me expliquei
Me achando quase perfeita
Acima de qualquer suspeita...
Busco então achar desculpas
Pra abrandar a consciência
E me faço a tal pergunta:
Há no mundo quem não erre?
Vem-me então a resposta:
Todos erram sim, senhora...
Mas isso não justifica
Os seus erros de outrora
Nem minimiza tampouco
Os erros que certamente,
Ainda vá cometer...
Mas enfim, o que fazer...
Desentendimentos acontecem

Erramos, e como erramos...
Tropeçamos vida afora
Mas disso, o que mais importa
É termos na consciência
O cair e o levantar
O errar e o perdoar
E ao perdoarmos a todos
Que perdoemos enfim,
Ao outro, a você e a mim....

O Que Você Faz Pra Ser Feliz?

Ama, abençoa, perdoa
Passeia, canta, faz festas
Caminha às vezes na chuva
Vive o presente sem pressa?
Agradece, permanece
Na vida de quem te ama
Olha nos olhos do outro
Diz com frequência "te amo"
Sem ter medo de ser piegas?
Ri atoa, faz piadas...
Faz do limão limonada
Relembra de si coisas boas
Enfrenta bem seus fantasmas?
Come seu pão bem quentinho
Toma café bem coado
Descansa sempre que pode
Se dá bem com seus vizinhos?
Chora se tem vontade
Expurga o velho, o roto
Se desprende dos entulhos
Pra por no lugar o novo?
Curte brincar com crianças
Abraça sempre os amigos
Fica atento aos preconceitos
E aos tabus a nós impostos
Pra quebrá-los sem receios
Se livrando deles todos?
Faz as coisas com vontade
Vai atrás dos belos sonhos
Comunga sempre que pode
Do sucesso que é do outro?
Tem pensado em si mesmo

Dado um tempo pra cuidar
Das coisas que lhe são caras...
Corpo, alma e tudo o mais?
Pois é... parece difícil,
Impossível... mas não é....
Tente, procure buscar
No sentido de viver
Ser feliz cada vez mais
Tente, mesmo que seja
Ao menos de vez em quando
Tente, vai ver que é bom
Eu juro que estou tentando...

Amor...Cadê Você?

Onde foi que o perdemos
Nós seres feitos humanos
Deixando-o sem mais porque
Pois sempre esteve aqui
Em mim em nós em vocês
Bem dentro... ou muito perto
Muitas vezes... encoberto
Mas esteve bem aqui...
Veio conosco... vibrante
Inato... de peito aberto
Nascemos juntos... remamos
O mesmo barco incerto
É... O amor esteve aqui
Em mim... em nós... em vocês...
E então... quando foi que debandou
Em qual esquina da vida
Nos perdemos de você...
Onde foi que se meteu
Volta...é tão triste de se ver
Tanto humano se perder
Na maldade, na dureza
Na crueza da miséria
Das tragédias... do rancor
Tanto ódio... quanta dor
Vem... volta habitar em nós
Sem amor... viver que jeito...
Não tem jeito... assim não dá...
Vem encher a nós humanos
De esperança, de perdão
Enche a nós de gratidão
Pela vida... dom maior...
Por benesses incontáveis

Vem amor... volta depressa
A raça humana tem pressa
Vem morar em nossa alma
Vem criar raiz em nós
Fazer de nós o que somos
E enfim, sem mais demora
Jogar a maldade fora...

O Fim do Mundo

Mundo acabando em chamas
Nos incêndios criminosos
Florestas assassinadas
Poluindo nas queimadas
Matança indiscriminada
Perversidade sem fim
Queimando pra ver queimar
Mundo acabando em fogo
Mundo acabando em águas
Torrentes fazendo enchentes
Na imundície transbordadas
Dos dejetos que jogamos
Nós, seres inconsequentes
Somos também delinquentes
Fim do mundo, é o fim
Na toxidade que mata
Nas sujeiras que deixamos
Entulhos por todo lado
Aleatórios, barrando
As águas que não escoam
Fim do mundo...Triste fim
Crianças no lodo, esgoto
Doenças nas consequências
Matando cedo na infância
Dizimando gente grande
Natureza devastada
Causticada, gado morto
Fome, sede...
Falta água desde sempre
Também falta governança
Governos que não pouparam
Tantas verbas desviadas...

Gerando miséria e dor
E a fome mais desgraçada
Sede na falta de água
Sede também por justiça
Nas leis tão mal acabadas
Fabricando delinquentes
Espalhando más sementes
Fim do mundo... Triste fim
De gente matando gente
Sem dó nem piedade
Matam...É livre a matança
Tiro perdido, mão armada
Pau, pedra, arma branca
Ou o que aparecer
Matam em nome da lei
Fazem a sua justiça
Matam em nome de Deus
Ou porque são minorias
Matam só por matar
Sem fronteiras, sem barreiras
Drogados na droga farta

Os filhos matam seus pais
Transgridem, delinquem, agridem
Pais matam os próprios filhos
Perdidos, não podem mais...
Também causa espanto saber
Da mãe que ensinava o filho
A praticar tiro ao alvo
Alvejando em consequência
Tanta criança inocente
Fim do mundo... Pra que armas?
Me falta compreensão
Não entendo certas coisas
Mas sei que nos falta amor
Enxergar melhor o outro
Ver a todos como irmãos

Fim do mundo também é
Tanta corrupção
Tanto toma lá dá cá
Quem mais pode menos chora
Conspurcam a nossa Pátria
Usam mal a consciência
Fazem pose de inocência
Burlam leis, porém se acham
Acima de qualquer suspeita
Fim do mundo é tudo isso
Isso tudo e muito mais
Que acontece o tempo todo
A cada minuto e segundo
Então, por que se preocupar
Quando será o fim do mundo?

O Presente

Alguns vivem no passado
Outros esperando o futuro
Deixando assim de viver
O que realmente importa
O tão precioso agora
Os que vivem no passado
Perdem tempo em saudosismos
Se apegam nas lembranças
Se perdem em comparações
Com um passado longínquo
O hoje lhes é ruim
O passado que era bom
E perdem tanto do hoje...
Pois passado é tempo ido
Não volta, ficou lá atrás...
Viver então do passado
É puro tempo perdido
E os que vivem só pensando
No futuro que ainda vem
Também perdem o seu tempo
Deixam tudo pra depois
Um passeio, um evento
Visitar algum amigo
Ler um livro, nem pensar...
Coitados... não têm tempo
Pensam só em amealhar
Juntam coisas que nem usam
Privando às vezes os seus
De viverem bem melhor
O presente que hoje têm
Portanto pensar só no futuro
É perda de tempo também

Pois nem sabemos ao certo
Quanto futuro teremos
Paremos então pra pensar
E aproveitemos o agora
Vivendo assim nosso hoje
Sempre da melhor forma
Pois o passado se foi
O futuro a Deus pertence
E não há tempo melhor
Do que o tempo presente...

Alegria

Senhor!
Quero hoje exaltar
Aquilo que vem da alma
Leveza, paz, harmonia
Sintonia e doce calma
Sabendo que o que me vem
É de Ti que se emana
Por isso, Deus de bondade
Agradeço a alegria
Que extasiando meu ser
Traz-me novas esperanças
No milagre que é a vida
Fazendo a mim perceber
Tudo aquilo que me cerca
Ver somente as coisas boas
E mandar as ruins embora
Valorizar tudo e todos
Ser feliz com o que tenho
Sentir em plena harmonia
O nascer de cada dia
A noite enluarada
O sol iluminando tudo
A chuva caindo forte
A rajada de vento fria
Areias quentes macias
Nas águas do mar errantes
Estrelas no céu brilhantes
Sons doces da natureza
Nas árvores que balançam
Nos pássaros pipilantes
Na cigarrinha, no grilo
Tão pequeninos cantantes
Nas flores, cores, odores,

Sabores e tudo o mais
Nas searas prodigiosas
No sorriso dos que passam
Na harmonia das raças
Na música em tom que acalma
A qualquer hora do dia
Na mais grata companhia
Descobrir o que faz rir
E dar boas gargalhadas
Correr por aí afora
Na chuva, na enxurrada
Brincar com a criançada
Sentar com a família lá fora
Trabalhar e produzir
Ensinar, aprender e amar
Ler livros gratificantes
Cantar canções de ninar
Na ciranda cirandinha
Vamos todos cirandar
Bater papo com amigos
Atender bem às pessoas
Não me importar nem um pouco
Com o que pensam os outros
Ser eu mesmo, de verdade
Sem nenhum rebuscamento
Não querer aparentar
Aquilo que eu não sou
Jogar preconceitos fora
Trazer pra dentro de mim
O que de verdade importa
Dividir minha alegria
Convidando a todo mundo
Para ser feliz comigo
Tanto quanto eu tenho sido
E que, ao nascer de cada dia
Eu tenha mais alegrias
Pra cantá-las, Deus da paz
Na vida que eu quero mais...

Amores

São todos sempre bem-vindos
Que venham sem parcimônia
Sem medo sem cerimônia
De dizer, de demonstrar...
Não precisa ter vergonha
Pode dizer eu te amo
Em qualquer hora ou lugar
Diz bem alto, conte ao vento
Deixa o vento espalhar...
Não esconda sentimentos
Que possam frutificar
Dando ao outro a alegria
De se sentir amado
De se saber lembrado
É tão bom poder amar...
Não é preciso rodeios
Fale do amor sem receios
Não importa onde se está
Já que o que importa é amar
Não importa quem se ama
Pode até ser que esse alguém
Nem mereça tanto amor
Mas fale, não tenha medo...
Melhor saber que tentou
E dizer que ama, é nobre
Mesmo que num gesto pobre
O outro pouco se importe....
Siga adiante, vá em frente
Porque sempre lá na frente
Tem alguém pra se amar
Já que nada é mais bonito
Que o amor pra ser vivido....

Rir

Rir é ótimo, faz bem pra tudo.
É música doce aos ouvidos
Rir é paz e fantasia
Rir traz grandes alegrias
É sorrindo que conquistamos
É sorrindo que abraçamos
Com sorrisos cumprimentamos
Sorrir rejuvenesce
O rosto e também a alma
Rir tem gosto de festa
Rir, sorrir, dar gargalhadas
Rir de mim, que rir acalma
Rir das nossas próprias gafes
Também das nossas mazelas
Sorrir pra todos que passam
Rir para o outro e não do outro
Rir contando piadas
Rir-se da própria dor
Mas nunca da dor alheia
Rir igualzinho criança
Que com tudo se encanta
Rir, rir sempre que puder
É remédio que é de graça
E assim vivemos mais
Sorrindo ganhamos o mundo
Fazemos mais alianças
Já se viu conquistar algo
Armando duras carrancas?
Pois o riso é contagiante
Contagia até os mais sérios
Que não gostam de sorrir
Pensam eles que sorrindo

Vão perder a autoridade
Pensam que carrancudos
Se tornam mais confiáveis
Pobres deles, ledo engano
Que conquistam para si
O medo de quem os cerca
Pensam que isso é respeito
Mas não, isso é só medo
Rir é puro alimento
Também é pura bobagem
Levar tudo tão a sério
Pois a vida é um mistério
Rir, rir sempre que puder
Não se importando se alguém
Fizer cara reprovando
Sorria pra ele também
Porém tomando cuidado
Pois pode ele pensar
Que seu riso é de escárnio
Sorria sempre, ria muito
Dê sonoras gargalhadas
Mas cuidado pra não rir
Em lugar e hora errada
E quando estiver chorando
Dê um tempinho se puder
Olhe-se no espelho
E vendo a cara amassada
Vai achar que é melhor sorrir
E dar boas gargalhadas...

Às Crianças

Pequeninas criancinhas...
Crianças grandinhas também
Criança que vive em mim
Criança de todos nós
Ser criança em nosso ser
É tão bom criança ser...
Criancinha imaculada
Bebezinho tão recém
Anjinhos da nossa guarda
Jesus menino também
Criançada, criancinhas
Anjos puros são vocês
Amo a todas...Tão lindinhas
Sempre prontas pra brincar
Generosas nos ensinam
Tudo aquilo que devemos
Aprender pra ser felizes...
Se quisermos aprender
Têm vocês tanta lição...
Nos ensinam a doar
A amar, e sermos bons
Enxergam somente o bem
Tampouco maldade têm...
Puras, lindas criancinhas
Alegria, vida e paz
Trazem tudo no olhar
Fazem-nos tantas perguntas
Têm tanto a questionar...
Estão descobrindo o mundo
Um mundo que certamente
Vocês, puras e inocentes
Chegam pra melhorar

Quisera então, meus anjinhos
Tivessem todas vocês
Lares bem constituídos
Cheios de muito amor
Muita paz, compreensão...
Quisera eu, que vocês
Fossem sempre tão felizes
Possuíssem tudo aquilo
Que é bem de seus direitos
Moradia, bons colégios
Brinquedos, comida farta
Médicos, hospitais
E pais que pudessem ser
O esteio de vocês
Mas sei eu, infelizmente
Que muitas dessas crianças
Estão a anos luz
Distantes de tudo isso
Ah... Dói-me profundamente
Seu choro tão sentido...
Portanto, o que nos resta
É fazermos nossa parte
E o que pudermos por elas
E então pedir a Deus
Proteção, muito cuidado
Pra que vocês pequeninos...
Amparados, bem ou mal
Tenham em suas alminhas
Muita luz, sabedoria
E também amor profundo
Capaz de mudar o mundo...

Para Louvar a Natureza

Natureza, bela fada
Tocando com teu condão
Flores, rios, belas cascatas
Riquezas de um mar sem fim
Arvoredos, matas mil...
Canta em ti a passarada
Fazem festas no teu seio
Animais os mais diversos
Procriando em profusão
Abrigados no abraço
De ti, ó mãe calorosa
Sol queimando, brisa farta
Ansiando a chuvarada
Escoando em tuas fontes
As águas do teu amor
Cantar-te em versos é pouco
Prodigiosa que és
Farturosa fauna, flora...
Esbanjamento de cores
Dando frutos sem pudores
Em tudo o que semeaste
Da tua diversidade
Na prenhez dos teus amores...
Tens em ti músicas tantas
Nos teus sons milhões de acordes
Danças a dança do vento
Alegra-nos com teus cheiros
Sem pedires nada em troca...
Alimenta-nos sem pressa
A nós teus filhos amados
Por vezes desrespeitosos
De ti predadores ingratos

Desnaturados insanos
Nos instintos mais primários
Queimando vastas florestas
De árvores centenárias
Matando em vão animais
Dizimando sem fronteiras
Poluindo em sujidades
Rios, mares, cachoeiras
Tão vitais a todos nós...
Envergonha-nos pensar
Quão ingratos temos sido
Contigo, bendita mãe...
Pedimos então mil perdões
Se é que perdão merecemos
Por agirmos sem pensar
Nas tantas consequências
Que isso possa causar
E, ao voltar se rebelando
Contra as armas que empunhamos
Matando-te pouco a pouco
Perdoa-nos vezes mais
Pela nossa ingratidão
Por sermos tão desumanos...

Terra

Terra mãe, amada terra
Terra nossa, habitat
Dos filhos que em ti abrigas
Terra santa, mãe bendita
Vermelha, roxa, marrom,
Branca, preta, arenosa
Não importa qual o tom
Dura, fofa ou pedregosa
Forma os mais diversos quadros
Na harmoniosa paisagem
Em cores delineada
Arte mais bela não há...
Terra prenha, produtiva,
Terra insone, bem arada
Na enxada ou no trator
Sem tréguas, sempre pronta
Recebe grata o que for
Sol, chuva e bom semeio
Que brotando em profusão
Traz no verde tantos tons
E colorindo em permeio
Surge então a bela flor
Gerando novas sementes
Pra tudo recomeçar
Na terra que não descansa
Terra amiga, amada terra...
Quem dera pudesse eu
Dizer-te milhões de coisas
Mas as palavras me faltam
Procuro, não as encontro
Tudo o que penso é tão pouco
Diante de tanta grandeza

Da vastidão que tu és
Daquilo que propicias
Abrigando no teu ventre
Sementes que não descansam
Tens a fartura em teus seios
Que sem reservas, pudores
Transbordantes jorram leite
Para alimentar teus filhos
Sem descanso e sem trégua
Terra nossa, Deusa terra...

Gratidão à Água

Água!
Riqueza dos rios e mares
Das fundas fontes brotadas
Cristalinas cachoeiras
Espumantes nas caídas
Cadenciadas feito véus
Água doce, água salgada
Da vida de todos nós
Água que brota das minas
Bem vinda água bendita
Em profusão cai do céu
Varrendo nas enxurradas
Molhando a vida sedenta
Na sede de tudo e todos
Plantas, aves, animais
Regozijam, fazem festa
Se banqueteiam, se fartam
De ti, fonte de vida
Água, mãe incansável
Derramada em profusão
Qual seio materno, terno
Amamentando sem trégua
Seus filhos por muitas vezes
Ingratos esbanjadores
Porcalhões emporcalhando
Nossos rios que correm mansos
Nossos mares abundantes
Matando sem dó outras vidas
Que nos saciam a fome
Água, bendita água
Fonte de energia
A pergunta que não cala

Quando é que nós humanos
Deixaremos de agredir
A você água sagrada...
Tomara, ó Deus, acordemos
E tomemos consciência
Da responsabilidade nossa
De preservar-te urgente
Sendo então mais respeitosos
E menos esbanjadores
E que ainda esteja a tempo...

Para Uma Noite de Paz

Boa noite, meu Deus!
Deito-me aconchegante
Busco-Te na oração
No aconchego do lar
No leito que me descansa
Sinto leve a escuridão
Destacando-se na noite
E na plenitude d'alma
Descansando nos Teus braços
Tudo é calma, mansidão...
Rezo, medito e agradeço
Penso em quanto recebi
Tive um dia glorioso
Trabalhei, ensinei e aprendi
Nas refeições saciei-me
Do engraçado eu me ri
Emocionei-me com o outro
E vendo nele o sofrer
Chorei, me compadeci
Convivi com a família
Com amigos, conhecidos
Comprei flores na esquina
Telefonei para os filhos...
Matei de leve a saudade,
Mas nem tudo neste dia
Foi pura felicidade.
Vi coisas tristes também
Porém, ó Deus de bondade,
Sei que tudo é aprendizado...
E então, mais uma vez
Te agradeço Deus amigo...
Deito-me agora e espero

Por um sono bem tranquilo
E, enquanto não me vem
O sono reparador
Aproveito, e Te peço
Perdoai-me pelas faltas
Que hoje eu tenha cometido
Se porventura a alguém
Magoei com más palavras
Que me perdoe também
Peço pra ter belos sonhos
Pois sonhos bons nos renovam
E que no acalanto da noite
Na brisa que o vento traz
Eu me renove, me inspire
E me encha de ternura
Pra cantar os novos dias
Depois das noites de paz...

Para Louvar o Dia

Bom dia, meu Deus!
Entrego-te hoje meu dia
Abro todas as janelas
Tanto as da minha casa
Quanto aquelas da alma
Deixarei que entre o sol
A brisa mais refrescante
O cantar da passarada
As risadas do vizinho
E todos os sons de alegria
Deixarei entrar a paz
E o amor que nela traz
Vou prestar mais atenção
No burburinho das ruas
Na algazarra das crianças
Com seus alegres brincares
Quero ouvir em sons vibrantes
As canções mais descabidas
Deixarei que entrem cheiros
Das mais diversas fragrâncias
Do açúcar caramelado
Da flor, de todas as plantas
Do mato recém aparado
Dos pomares, todo cheiro
Que lembre qualquer infância.
Hoje, ó Deus, quero louvar-te
Mais ainda nos meus cânticos
Quero só agradecer
Transcender a minha paz
Encher o mundo de graça
Sentir que tudo o que faço
Desde estender os lençóis

Ou ler notícias ingratas...
Do cafezinho cheiroso
Ao saborear do pão quente
No trabalho leve ou árduo
Nos reveses, desencontros...
Você comigo estará
E eu nada temerei
Quero nobres pensamentos
Atrair só bons fluidos
Dançarei a tua música
Transbordando minha alma
Da mais pura alegria
E, em que vivendo hoje,
Tão pleno, tão grande dia
Eu o transforme para sempre
Em meu grato dia a dia...

Para Refrear a Língua

Senhor, ajudai-me a pensar
Antes de falar coisas
Que possam desagradar
Ferir com palavras toscas...
Ajudai-me a silenciar
Quando abro minha boca
E no ímpeto da fala
Profiro palavras vãs
E ao falar da vida alheia
Cometo injúrias, perjúrios
Sem pensar nos prejuízos
Que acarretam para os outros
Ajudai-me ó Senhor
Nas palavras que me saem
Aleatórias, sem eira
Atropelando barreiras
Cometendo injustiças
Muitas vezes catastróficas
Calai-me ó Deus, a tempo
De evitar certos assuntos
Pois às vezes, ventilados
Caem num mundo sem volta
Causam irreparáveis danos
Ajudai-me, Pai, Vos peço
Que eu não caia em tentação
De proferir sem pensar
Palavras de baixo calão
E que ao falar do outro
Eu ressalte só o bem
Que eu nunca passe adiante
As falhas que o outro tem
Pois assim, tenho certeza
Poupado serei também...
ASSIM SEJA

Oração dos Encarcerados

SENHOR!
Quando cai a noite densa
E tudo se cala ao redor
Sinto no peito apertado,
Meu peito de encarcerado
A dor que me dói fundo.
Na solidão mais atroz
Clamo pelo meu Deus
Faço promessas vãs
Choro lágrimas profusas
Ó Deus, porque tanto errei?
Porque burlei tanto a lei?
Durmo, acordo, nada muda
É tudo tão sempre igual
Mas os meus sonhos, Senhor
São plenos de liberdade
Sonhos sempre incompletos
Buscando no teu amor,
Arrefecer a saudade
E mitigar minha dor
Vem-me então tanto remorso
Vejo o sofrimento alheio
Na dor da mãe que perdeu
O filho bom, filho seu
Num ato torpe, covarde,
Num insano ato meu
Ou então me vem a culpa
De quando, pérfido, vil
Impus medo, fui cruel
Extorqui, ameacei
Protagonista que fui
Dos crimes mais hediondos

Fui torpe, desumano
Ah, meu Deus,
Por que, meu Deus,
A tantos eu fiz sofrer?
Tirei o pão da criança
O remédio do enfermo
O leito do moribundo
O alimento do pobre
Aviltei sentimentos nobres
Cumpro agora duras penas
Minutos formando dias
Anos intermináveis.
Mas te peço, Deus dos fracos,
Me liberte da prisão
Dos instintos mais primários
Para que um dia eu possa
Ao expiar minhas faltas
Encontrar a luz do sol
A tua luz de alegria
De Paz e sabedoria
Para que me perdoem
Aqueles a quem um dia
Eu impingi tanta dor
Mas enquanto expurgo as penas
Das quais sou merecedor
Deixai-me ó Pai amado
Descansar no teu regaço
Alentai-me nas tristezas
Enchei de luz minha mente
Plantai em mim tuas sementes
Que eu quero fazer crescer,
De amor, justiça, perdão
Bondade, somente o bem
Que eu seja teu filho pródigo
Que arrependido voltou
E que na tua grandeza
Me recebeu, perdoou.
AMÉM

Oração do Político

Querido Deus!
Que esteja eu sempre atento
A tudo o que me propus
Quando tantos com seus votos
Depositaram em mim
A mais cara confiança
Entregando em minhas mãos
Os desígnios de uma gente
Que faz parte da nação.
Agradeço-te meu Deus
Ocupar nobre missão
E poder com meu esforço
Junto aos colaboradores
Fazer a diferença
Sendo honesto, sendo probo
Que eu seja para todos
Como um pai que o filho cuida
E que eu primeiro pense
No bem de cada um
Que eu governe para todos
Voltado ao bem comum
Que eu seja como o esteio
Que a casa segura forte
Que eu esteja aberto a ouvir
E não seja intransigente
Sempre a todos solidário
Desde o mais subalterno
Ao mais alto funcionário
Do simples homem comum
Até o mais rico empresário
Que eu saiba usar as verbas
Que nos forem designadas

Em benefício do todo
Escolas, creches, estradas
Hospitais, asilos, enfim
Que sirvam aos devidos fins.
Que eu não sirva aos mensaleiros,
Laranjeiros e outros mais.
Ajudai-me, grande Deus,
Só assim serei capaz.
Que os corruptos argutos
Parasitas de plantão
Nunca tentem me envolver
Em espúrias transações
Que atento eu sempre esteja
Em nunca decepcionar
Ao meu irmão que é meu povo
Que em mim se fez confiar
E que eu cumpra as promessas
Que em campanha tantas fiz
E assim possam meus filhos
Sentir orgulho de mim
E então, quando chegar
O dia da transição
Possa eu olhar de frente
No rosto de cada um
E saber que o que foi feito
Foi sim para o bem comum
Mas que, acima de tudo
Eu tenha em mim consciência
De poder olhar no espelho
E sentir com segurança
Ter feito o melhor que pude
Merecido confiança
E então, uma vez mais
Vou, ó Pai, te agradecer
Por teres andado comigo
No cumprir com meu dever
AMÉM

Oração do Ancião Esquecido

Vem, Senhor,
Senta ao meu lado
Conversa comigo sem pressa
Sinto-me velho e cansado
A vida se esvaindo
Tudo passou tão depressa...
Já não ouço como antes
Tenho meus olhos nublados
Ando trôpego, alquebrado
Tremem as mãos, doem-me os ossos
Vou seguindo tateando
Sinto um frio doendo fundo
Mesmo nos dias mais quentes
O coração apertado
Solidão que dói pungente
Na garganta um nó me cala
E eu aqui sempre esperando...
Vem o sol, pela manhã
Me enchendo de esperança
Mas pouco a pouco se esvai...
Vem a noite, mais um dia
Dos que ainda me restam
E então, mais uma vez
Me dou conta, ó meu Deus...
Onde estarão os meus filhos
Que saudade, filhos meus
Lembro-os pequeninos
Tudo sem muitos detalhes
Pois a memória me falha
Conduzi-os pela vida
Com ternura os embalei
Falhei às vezes, bem sei

Mas também fiz o que pude
E bem ou mal os criei
E vocês ,netos amados...
Onde estarão vocês?
Dói-me a saudade qual lança
Encetada no meu peito
Choro o choro da criança
Que ainda tenho em mim
Vem então um novo dia
E com ele a esperança
Do milagre acalentado
Ter vocês, filhos queridos
Netos, bisnetos, amigos
Junto do leito, quem sabe...
Qualquer dia, ao meu lado
QUE ASSIM SEJA

Para a Criança Rezar

Deus querido das crianças
Anjo santo guardador
Sois meu guia protetor
Sou ainda pequenino
Indefeso nos perigos
Protegei-me eu vos peço
Vem comigo onde eu for...
Pegue na minha mãozinha
Fique sempre ao meu lado
Não deixe que eu me machuque
Nem que machuquem a mim
Quando triste eu estiver,
Vem depressa consolar- me
Se eu tiver medo á noite
Ou tiver medo de dia,
Me abrace e reze comigo
Seja você, anjo bom...
Sempre o meu melhor amigo
Amém.

Espírito Santo

Divino Espírito Santo
Fonte suprema de luz
Sabedoria infinita
Guiador de todos nós
Fazei-me estar sempre aberto
A receber Vossas graças
Gratas bênçãos que de Vós
Jorram qual águas profusas
Da Vossa fonte sem fim
Fazei-me Espírito Santo
Abrir o meu coração
Recebendo em abundância
O amor, a paz, o perdão
Dai-me generosidade
Para distribuir também
A luz que em mim recebo
E que de graça me vem
Fazei-me usar com saber
Meu lado intelectual
Não deixeis que o meu ter
Se sobreponha ao meu ser
E que minhas inspirações
Sejam voltadas pro bem
Que o meu hoje seja sempre
Pautado por boas ações
E o meu amanhã também...
Que eu não caia em tentação
De repetir sem pensar
Os mesmos erros de sempre
E desde já agradeço
Por todos os meus acertos...
Que digno possa ser eu

De receber Vossa luz
E que ao recebê-la em mim
Eu a faça refletir
No mundo inteiro, sem fim...

Aos Anjos

Anjos todos que habitais
Os mais recônditos lugares
Deste imenso universo
Anjos nossos guardiões
Sublimes seres de luz
Tão por nós necessitados
Sois vós seres sagrados
Para os quais nos entregamos
Na confiança plena
De nos sentirmos sempre
Seguros e amparados.
Anjos de todos os planos
Moradias, terras, mares.
Anjos que habitam florestas
Por favor zelem por nós,
Pela vasta natureza
Também pelos animais
Anjos das galáxias
Dançando leves qual véu
Que junto com as estrelas
Iluminam, resplandecem
Formando cores no céu.
Anjos que nos guiam
Desde a fecundação
Até que habitemos, é certo
Outras tantas dimensões
Anjos de todos nós
Cuidai-nos hoje e sempre
Protegei-nos com vossas asas
Neste mundo tão violento
Anjos guardadores
Das incautas criancinhas

Ah, não fossem vocês
Incansáveis anjos que são
Que seria delas todas
Nos perigos que as cercam
Despidas, desprotegidas
Do uso da razão?
Guardem-nas pois, anjos nossos
Segurem suas mãozinhas
Pois são elas os anjinhos
Que enchem de amor a vida.
Anjos dos anciãos,
Tão precisados de vós
Guardai-os nas limitações
Que a idade lhes impôs.
Guardai-os anjos bons
De certos guardadores
Que, como anjos se propõem
Porém ao contrário são
Meros torturadores.
Ah, e como não pedir
Pelos bêbados, drogados,
Trôpegos, tropeçando
Nos tantos tombos levados
Guiai-os, anjos amados,
Guardai-os na insanidade
Afastai-os desse mal
Que consome a humanidade
Protegei a todos, anjos nossos,
Vos pedimos, vos rogamos
Sejam sempre incansáveis
Condutores para o bem
E a todos vós,
Hoje e sempre agradecemos
AMÉM

Aos Que Se Foram

Queridos
Quantas saudades...
Quantas lembranças em nós
São inúmeras, incontáveis
Guardadas, acalentadas
Cantadas num coro estranho
Relembradas, tão latentes...
Não importa há quanto tempo
Vocês se foram daqui...
Mas deixaram caladas fundo
As passagens mais diversas
Segredos nunca contados
Tão conosco em carne e osso
Que saudade meus queridos...
Irmãos, parentes, amigos...
Alguns somente conhecidos
Mas e daí? Pouco importa,
Quando as dores não são nossas
Pois seja a dor de quem for
Dói sempre a mesma dor
Naqueles que ainda ficam
E vêm partir com espanto
Seus amores e outros tantos
E então desconsolados
Choram dilacerados
Os seus mais doídos prantos
Ah, meu Deus, que bom seria
Mesmo que em tempo ínfimo
Pudéssemos revê-los todos
Os que foram pro outro lado...
Porém enche-nos de paz
A certeza que nos dais

De que a vida não acaba
E que a morte não existe
Só se muda de lugar
Voamos pra outros planos
E um dia na eternidade,
Qualquer dia Deus o sabe
Poderemos nos reencontrar...

Entrega

SENHOR!
A Ti confio minha vida
Entrego minhas tristezas
Dores, prantos, alegrias
Meus acertos, desacertos
Minhas mágoas, meu perdão
Entrego minha família
Meus parentes, meus amigos
E se houver inimigos
Eu os entrego também
Guarda-nos ó grande Pai
Sob Teu manto de amor
Cuida do nosso planeta
E livra de todo mal
Águas, terras, céus, florestas
E também os animais
Faça com que nos tornemos
A cada dia, sempre mais
Instrumentos da Tua paz...

Presença

SENHOR!
Sinto a cada dia
Mais e mais Tua presença
No sol, na chuva, no mar
E no vento que assobia
No sorriso da criança
No pão nosso de cada dia
Nas plantas, nos animais
E no frio que nos fustiga
Nas teias que a aranha tece
No mais ínfimo inseto
Na alegria incontida
Também no pranto doído
Na risada mais gostosa
No doce olhar do ancião
Em cada respirar, cada pulsar
Cada bater do coração
Nas chegadas e partidas
Tanto faz ser noite ou dia
Tua presença se faz
Tua presença é paz...

Oração é Tudo

Oração é a semente
Que nasce em qualquer campo
Dá flores, frutos, enfim
Se for plantada com fé
Germina nas pedras até...
A oração muda tudo
Oração é nosso escudo
Oração é Deus falando
Por intermédio de nós
Oração é Deus ouvindo
Quando clama nossa voz
É orando que pedimos
E também agradecemos
Oração nos lava a alma
Traz-nos paz e redenção
Orar é grande alimento
Traz-nos maior consciência
E talentos escondidos
Bem lá no fundo de nós
Orar é manifestar
Tudo aquilo que sentimos
É orando que atingimos
A plenitude da alma
Orar nos traz alegria
Traz alento e doce calma
E nas noites preocupantes
Ou nas tribulações dos dias
Orar sempre, confiante
Padre nosso, Ave Maria
Santo anjo do Senhor...
Mas podemos simplesmente
Conversar com nosso Pai

Falar com ele em surdina
Na intimidade mais íntima
Agarrar as suas mãos
E pedir que elas nos guiem
Em qualquer situação
Pois nosso Pai sempre escuta
A nós filhos precisados
Rezemos então nossas preces
Pela manhã, pela noite
À tarde, hora qualquer
Rezemos pelos amigos
Às vezes necessitados
Rezemos agradecendo
Aos nossos antepassados
Rezemos pela família
Por todos os que amamos
Rezemos com muito amor
Mesmo que não nos amem
E lembrar de agradecer
É muito, muito importante
Pois gratidão conta muito
Agradeçamos então
No momento em que pedimos
Pois é assim que antecipamos
A concretização do pedido
Lembremo-nos também de orar
Pelos nossos subalternos
Pelos parentes distantes
Por aqueles que se foram
Por todos que nos auxiliam
E também os que atrapalham
Nas fainas do dia a dia
Rezemos pelos detentos
Pelos drogados, carentes...
Pelos políticos todos
Pra que tenham consciência
De trabalhar por seu povo

Rezemos pelas crianças
Que são o nosso futuro
Para que cresçam felizes
Em graça e sabedoria
E melhorem este mundo...
Que nos lembremos também
Da nossa mãe natureza
Tantas vezes destruída
Aviltada em seus anseios
Rezemos pelos doentes
E por todos os aflitos
Lembremo-nos também
Dos nossos anciãos benditos
E dos nossos renegados
Pelas ditas minorias...
Enfim, rezemos, rezemos...
Não falo de carolices
Falo só de orações
De estarmos unos com Deus
Pois quanto mais nós orarmos
Mais humanos nos tornamos
E mais felizes seremos...

Oração da Criança Em Mim

Senhor...
Faça se revelar em mim
A criança que me habita
Ela é a Tua pura essência
Não se corrompe nunca
E jamais julga a si mesma
Nem tampouco julga o outro
Se alegra com qualquer brinquedo
Também com pequenos presentes
Pois ela é tão feliz...
Nem precisa tanto deles
Foi criada à Tua imagem
E à Tua semelhança
Não permita então, ó Pai,
Que meu ego a subestime
Faz brotar desta criança
Sempre o amor, paz, alegria
E que brotem bem viçosas
Todas as demais virtudes
E esteja ela presente
Mesmo nas adversidades
Enfim que minha criança
Seja em mim revelada sempre
AMÉM

Para Ter Docilidade

Ajudai-me, ó grande Pai,
A ter a doçura dos anjos
Dai-me ser amável sempre
Com todos, sem distinção
Que eu seja afável e terno
Que eu tenha suavidade
No falar, no andar, nos gestos
No tratar com todo o mundo
E ao lidar com os objetos...
Que eu fale com as pessoas
Cordialmente, sem pressa...
Que eu seja complacente
E que eu tenha no olhar
A placidez do inocente
Que por onde eu passar,
Possa espalhar só ternura
E sorrir num gesto doce
Sentindo no olhar do outro
A mesma docilidade
O mesmo carinho enfim,
Que num rasgo de bondade
Fizestes brotar em mim
AMÉM

Para Ouvir o Outro

Querido Deus!
Sei quão grande é a virtude
De quem sabe ouvir o outro
Escutando paciente
Com amor, compreensão
Quando alguém num desabafo
Ou contando sua história
Nos procura para ouvi-lo
Esperando encontrar
Alívio para seus males
E no seu desabafar
Sente em nós um ombro amigo
Firmeza em nosso olhar
E os ouvidos bem abertos
Prontos para escutar
Por isso, meu Deus, eu peço
Dai-me tudo o que preciso
Sabedoria, amor,
Paciência para ouvir
Seja a pessoa que for
Meu vizinho, meu amigo,
Meu colega de trabalho,
Meu cônjuge, meu filho,
Meu irmão, meu subalterno,
Ou a criancinha inquieta.
Que a todos possa eu
Ouvir tranquilo, sem pressa,
Pois mesmo não encontrando
Palavras pra consolar
Que sirvam os meus ouvidos
Feitos para escutar
De bálsamo para o outro
Quando o outro precisar.
QUE ASSIM SEJA

Aos Antepassados

Antepassados queridos
Entes nossos tão amados
Que já se foram daqui
Mas que vivem tão presentes
Em todos seus descendentes
Misturados, entranhados
Revelando-se em nós
Numa mistura de raças
Nem bem sabemos às vezes
De quais raças nós viemos
Mas sabemos dos legados
Que vocês antepassados
Deixaram a todos nós
Nas sementes que plantaram
Nas lições que ensinaram
Nos frutos que hoje colhemos
Misturados na saudade
Das gratas recordações...
Que Deus os proteja, amados
Onde quer vocês se encontrem
Obrigado muitas vezes
E se puderem então
Olhar sempre por nós
Protegei-nos com amor
Pois somos partes de vós...

Renascimento

Deus de infinita grandeza
Quero antes de tudo
Agradecer-vos pela vida
Gerada em mim por meus pais
Frutos benditos de Vós
Vida presente em nós
O maior presente de todos
Peço então, ó Grande Pai,
Renascer a cada dia
No amor que eu dedico
Na vontade de aprender
Na paz que me vem em troca
Do bem que eu possa ofertar
E que eu procure também
Transcender, transparecer
A luz da qual me fizestes
Na alma que vive em mim
Que num sopro generoso
Principiastes em todos...
Fazei-me, Senhor, viver
Um dia de cada vez
E que a cada dia eu sinta
Sempre novo renascer...

Preito às Mãos

MÃOS..
Que se estendem para o bem
Que se abrem para o amor
Que afagam, gesticulam, aplaudem
Agradecem e conciliam.
Que se juntam em oração.
Benzedeiras, mãos benditas
Consagradas que são.
Mãos...
Que produzem, transbordam
E transformam.
Que fazem brotar profusas
As mais lindas flores, ervas, cores.
Que embalam, confortam, libertam
Arejam, limpam, enfim
Tornam tudo alegre, sim.
Mãos maternas, sempre alertas
De quem pariu recém.
Acariciam o filho amado
Que perplexo ao mundo vem.
Mãos que doam
Que se abrem para dar e receber.
Que só se fecham no cumprimento forte.
Que, num gesto nobre
Lavam o cheiro da morte
Dos que se foram de nós.
Mãos que movem o mundo
Que alentam moribundos
Curam chagas, mitigam a dor
Seja ela de quem for.
Mãos destras dos cirurgiões
Que embelezam corpos, rostos

Que curam dores e tumores,
Salvam mortes prematuras.
Mãos sedentas de ternura
Carentes de um gesto amigo.
Que num pacto de amizade
Juram fidelidade.
Mãos marcadas pelo tempo
Calejadas do saber...
Mãos sábias dos anciãos.
Mãos formosas, cor de rosa
Da criança tateando
Descobrindo no aprender.
Mãos jovens, belas, quem dera...
Tão ágeis, curiosas
Tocam aflitas nas teclas,
Na busca pelo saber
Mãos brancas, lívidas qual cera
Cruzadas no peito frio
Descansando na morte certa e incerta.
Mãos rudes, tão benfazejas
Que humildes nos seus gestos
Cavam respeitosas as covas
Para sepultar nossos corpos.
Mãos pudendas, tão carentes
Estendidas em mendicância
Esperando receber
Aquilo que não nos falta.
Mãos que semeiam, plantam,
Transplantam, ceifam.
Que alimentam os famintos
Que saciam os sedentos.
Que agasalham e aquecem
Mãos que trazem o peixe,
Seja do mar bravio,
Ou das mansas águas dos rios.
Mãos sangradas na forja
Que molda o ferro quente.

Que dão forma ao barro frio.
Mãos do minerador,
Sufocadas, de fuligem causticadas
Mãos inspiradas do ourives,
Criando tão lindas jóias
Para outras adornar.
Mãos fortes, sensíveis, firmes
Tão precisas no ensinar.
Mãos lânguidas da mocinha
Procurando outras mãos
Ávida por encontrar.
Mãos...
Que espalham graças, cores
que seduzem seus amores.
Que ostentam a aliança
Do compromisso nubente.
Mãos que criam, tecem, fiam.
Que escrevem, transcrevem e traduzem
As linguagens impossíveis.
Que generosas, transcendem,
Transbordam, festejam,
Batem palmas, são felizes.
Mãos que com o sinal da cruz
Nos absolvem das faltas
Nos fazem sentir leve a alma.
Que exaltam o belo
E fazem brotar nas telas
Paisagens e artes belas.
Mãos que tocam cadenciadas
Sinos e carrilhões
Convidando-nos aos ritos
Ou no despedir dos que vão.
Mãos que inventam poções mágicas,
Perfumadas, perfumistas.
Mãos...
Que debelam o fogo
Nos incêndios mais cruéis.

Que dirigem naves nos céus.
Mãos do policial bendito,
Que num gesto de bravura
Nos defendem nas agruras.
Mãos que conduzem firmes
O leme da embarcação.
Que transportam nas estradas
O progresso do seu povo
Orgulhando a nação.
Mãos dos encarcerados,
Presos, renegados
Mas tão livres nos seus gestos.
Mãos amadas, ternas, eternas
Das tão doces irmãs Dulce
E Tereza de Calcutá
Tantas iguais a elas
Há que se cantar, beijar, louvar.
Mãos que cozem, confeitam, enfeitam.
Que do mais rude instrumento
Arrancam canções tão belas.
Mãos mestras dos maestros.
Dos atores dando ênfase
Nas cenas que encenam.
Mãos que tangem o gado, que ordenham,
Que nas roças se embrenham
E tiram do trigo o pão.
Mãos tristes dos magarefes.
Mãos que transformam as pedras
Em casas que abrigam lares.
Mãos que fazem, desfazem
Refazem com paciência
Na busca da perfeição.
Mãos sensíveis do artesão.
Mãos...
Como cantá-las todas?
Quanto tempo me é preciso
Pra todas elas louvar?

Palavras mil eu teria
Mas quem as diria bastar
Mãos amadas...
Mãos benditas...
Sois todas vós tão belas.
Obrigada Deus, por tê-las
Tão perfeitas, tão inquietas.
Que elas sejam hoje e sempre
De um mundo melhor as arquitetas...

Deus

Eu acredito em Deus
Mas um Deus que é de todos
Sem distinção de raça, cor,
Credo ou religião
Livre de preconceitos
Acredito num Deus perfeito
No Deus que temos em nós
Pra ser revelado sempre
Este Deus que abraça a todos
Que ama, protege, ampara
Um Deus de pura bondade
Generoso, amigo, pai
O grande Deus do universo
Este Deus que vive em tudo
E de tudo é capaz
Que criou à sua imagem
Toda a nossa humanidade
Creio num Deus de verdade
Que perdoa, abençoa
Reconhece a cada um
Que se alegra ao ver-nos bem
E se entristece ao nos ver tristes
Pois está dentro de nós
Esse Deus que em nós existe
Creio num Deus de esperança
Num Deus de perseverança
Creio no Deus feito homem
E no Deus que é criança
Creio no Deus enlutado
Pelos tantos erros nossos
Creio em Deus com vestes nobres
E também com vestes pobres

Creio num Deus justo, sensato
E não num Deus arbitrário
Creio no Deus da Paz
Não creio no Deus que mata
Em nome de qualquer crença
Creio em Deus criador
Do céu, terra, mar, enfim
Deus de graças, Deus de amor
Deus de luz, sabedoria
Amigo das alegrias
E não num Deus punitivo
Que nos manda pro inferno
Ou outro qualquer castigo
Que nos enche de doenças
E nos faz reféns dos medos
Não creio no Deus que oprime
Mas que nos dá livre arbítrio
Para escolhermos buscar
Com a nossa consciência
De leveza ou de pesar
De amor ou desamor
Aquilo que merecemos
Naquilo que construímos
Ao longo do que vivemos
Pois somos nós que escolhemos
O que chamamos de céu
Ou o inferno que criamos
Somos nós que seguiremos
Os caminhos bem traçados
Ou estradas tortuosas
Mas Ele é Pai generoso
O que sempre nos escuta
Nos perdoando de tudo
Quando arrependidos buscamos
O perdão que precisamos
Quando pedimos desculpas
E prometemos mudar

Um pouquinho a cada dia
Sendo melhores por dentro
Porque Deus tudo perdoa
Desde os erros pequeninos
Aos nossos mais graves erros
Pois Ele é Pai verdadeiro
De amor e compreensão
Este é o Deus que acredito
O Deus da redenção...

Ação de Graças

Graças vos dou Senhor
Dou-vos graças infinitas
Por benesses incontáveis
Por terdes me dado a vida
Dou-vos graças Pai Supremo
Por tudo que hoje tenho
Amor, alimento, saúde
Por viver em harmonia
Em paz com minha família
Por me dardes sabedoria
Pela luz de um novo dia
Pelo meu lar, meus amores
Por trabalhar no que gosto
Dou-vos graças também
Pelos bens materiais
Pelas vestes que possuo
Prosperidade sem fim
Por mostrar-me novos rumos
Na busca pelo saber
Pelos amigos queridos
Por abrirdes minha mente
Por plantardes as sementes
Do bem que nasceu em mim
Graças também vos dou
Pelo ar que eu respiro
Por me guiares tão bem
Na trilha do bom caminho
E por ter eu aprendido
A tudo agradecer
Ao universo e a todos
E principalmente a Vós,
Deus de extrema bondade,

Que em sua generosidade
Nos deu a graça suprema
A graça de estar em nós
AMÉM

FIM DA SEGUNDA PARTE